샴페인과 일루미네이션

PIN
장르
009

샴페인과
일루미네이션

허진희 소설

차례

1부 '있음'   9
2부 '없음'   89

발문 • 연여름   137
작은 신이었던 아이

작가의 말   144

1부

'있음'

절대 친해질 수 없으리라 믿게 되는 사람이 있습니다. 딱히 어떤 이유가 있어서 그런 건 아니에요. 상대와 내 세계에 교차점이 없을 거라는 직감은 수십, 수백 개의 이유를 앞서니까요. 그날 보하를 보았을 때가 그랬습니다.

장맛물이 빠진 지 얼마 되지 않아 진창으로 변해버린 밭길을 조심조심히 걸어오던 보하는 빨간색 에나멜 구두를 신고 있었어요. 나는 항상 보하가 아주 예쁘다고 생각했습니다. 어쩌면 보하와 친해지고 싶다는 바람을 품었는지도 모르겠어요. 하지만 내가 보하와 친해질 일은 없다고 믿었습니다. 반년 동안 같은 성경 공부반이었어도 보하는 결석이 잦았고 어쩌다 보니 우리는 단 한 번도 말을 섞은 적이 없었어요. 보하가 싫었던 건 아니었습니다. 내가 외톨이인 것도 아니었고요. 나는 더럽고 냄새나는 작은 들짐승 같은 여자아이였지만 에너지가 넘쳤지요. 내 주변엔 나와 비슷한 아이들이 적잖았습니다. 보하가 그런 아이가 아니었을 뿐이죠.

목사님 오셨어요.

걸레로 방바닥의 진흙을 훔치던 할머니가 서둘러 신을 구겨 신고 나와 몸뻬 바지에 손을 문지르며 인사를 했습니다. 그리고 곧 수돗가에 쭈그리고 앉아 책가방에 묻은 흙을 씻어내던 나에게 눈치를 주었어요. 나는 엉거주춤 일어나 큰 소리로 "목사님, 안녕하세요!"라고 씩씩하게 외쳤습니다. 그제야 만족스러운 표정을 짓는 할머니를 보니 으쓱했어요. "구니야, 우리 같은 사람은 아랫배에서 우러나오는 소리가 재산이야." 할머니는 종종 내 배를 통통 두드리며 아랫배에 힘이 들어갔는지 안 들어갔는지 확인하곤 했어요. 우리 둘은 한 팀이었고, 할머니는 나의 대장이었습니다. 대장의 칭찬에 목마른 풋내기는 그의 명령을 성경같이 여기지요. 대장의 말을 따르는 것만이 길을 잃지 않는 유일한 방법이니까요. 한 시간 전 마당에 선 채 비벼 먹은 찬밥이 마치 엊그제 먹은 것처럼 금세 허기가 진 상태였지만 나는 배에 힘을 꽉 주고 소리쳤어요. "얘들아, 안녕!"

목사님과 교회 어른들은 할머니와 이야기를 나누었고 나머지 몇몇 아이들은 내게로 몰려들었어요. 집사님의 딸, 권사님의 손주, 그런 애들이었죠. 나는 아이들의 다리 사이로 보이는 보하의 에나멜 구두에 자꾸만 눈길이 갔습니다. "어디까지 물이 찼었어? 너 키 넘어까지?" "너도 보트 타고 도망쳤어? 아니면 수영했어?" 아이들이 새롱새롱 떠들어댔고 나는 건성으로 대답했어요. 흙으로 얼룩진, 에나멜 구두의 발등 장식에서 시선을 뗄 수가 없었거든요. 동그랗게 촘촘히 박힌 큐빅 장식. 어쩌면 보하는 그 장식을 더럽히고 싶지 않아서 조심조심히 걸었을지도 모르겠어요. 나라도 그랬을 테니까요.

내가 씻겨줄까.

나에 대한 아이들의 관심이 사그라든 틈을 타서 보하에게 물었어요. 보하는 당황한 듯 선뜻 대꾸하지 못했습니다. 나는 다시 배에 힘을 주고 말했어요.

내가 깨끗하게 씻겨줄게.

이내 당황한 표정을 숨기고, 보하가 천천히 고개를 끄덕였습니다. 보하는 내가 보하의 양쪽 구두를 번갈아 씻는 동안 깨금발을 하고 기다렸습니다. 나는 보하가 행여 넘어질까 걱정되어 한편으로는 보하를 곁눈질하고 한편으로는 열심히 손을 놀리며 구두를 씻었어요. 이미 며칠 동안 물이 마를 새 없던 손인데 구두 한 켤레 더 씻는다 한들 뭔 대수랴 싶었죠. 구두가 깨끗해질수록 점점 밝아지는 보하의 얼굴을 보는 것도 즐거웠고요. 그래서 큐빅 사이에 박힌 진흙을 더 꼼꼼히 닦아냈어요. 한참을, 눈에 불을 켜고 닦았답니다. 조금 전까지만 해도 절대로 친해질 리 없다고 믿었던 아이의 구두를요. 생각해보면요, 고작 아홉 번의 사계절을 꽉 채워 뛰었을 뿐인 풋내 나는 심장에 일순간 가시 돋은 믿음 따위가 뭐 그리 날카로웠겠어요. 안 그런가요?

나중에 이야기하기로 보하는 그때 할머니와 내가 사는 집을 보고 몹시 충격을 받았다고 했습니다. 우리 집은 보하가 사는 아파트에서 그리 멀지 않은 산어귀에 자리해 있었지만 사람이 많이 오가는 곳은 아니었어요. 학교와 학원, 교회만 다니던 보하가 동네 지리를 모르는 건 당연한 일이었지요. 보하는 우리 동네가 해마다 물난리에 시달렸다는 것도 몰랐다고 했습니다.

"나는 그런 집에선 단 하루도 못 살 줄 알았어." 보하가 담벼락에 등을 기댄 채 담배를 피우며 말했습니다. 보하는 담배를 피웠다 끊었다를 수없이 반복했어요. 나는 보하가 금연 선언을 할 때마다 응원해주었습니다. 하지만 사실 담배를 피우는 보하의 모습이 밑도 끝도 없이 매력적이라고 생각했어요. 보하는 좀처럼 속마음을 잘 털어놓지 않는 친구였습니다. 그렇지만 담배를 피울 때만큼은 조금 느슨해 보였죠. 입술과 손가락의 움직임, 한 모금과 두 모금 사이의 목소리, 불을 붙일 때와 끌 때의 몸짓. 담배를 피울 때의 보하는 마치 제 안의 연기를 내보내기 위해 잠시 빗장을 풀어둔 사람처럼 보였지요.

설마 나보다 더 놀랐을까. 나 너희 집에 처음 갔던 날이 아직도 생생히 기억나.

내가 말하자 보하는 어깨를 으쓱했어요.

그냥 아파트였지, 뭐. 평범한 아파트.

보하의 열 번째 생일에 나는 아파트라고 불리는 건물에 처음 들어가보았습니다. 경비 아저씨가 계셨고, 엘리베이터가 있었고, 현관문에는 크리스마스 리스가 달려 있었어요. 보하의 생일이 12월이거든요. 실내는 따뜻했고, 세면대 수도에선 더운물이 콸콸 나왔습니다. 그런 집이 있다는 걸 몰랐던 건 아니에요. 나도 알고는 있었습니다. 심지어 그런 집에 사는 게 엄청나게 부유한 축에도 들지 못한다는 것 정도는 확실히 알고 있었어요. 다만 직접 보고 만지고 느낀 것이 처음이었을 뿐이에요. 보하도 마찬가지였겠죠.

뉴스에서 본 가난과 실제로 마주한 가난은 자못 달랐을 겁니다.

그날 우리 진짜 웃겼는데. 몰래 샴페인 몇 모금 마시고 취해서……

보하가 킥킥대는 바람에 나도 같이 웃을 수밖에 없었습니다. 그건 우리 둘만의 비밀스러운 추억이었어요. 누구에게도 들키지 않았으니까요. 그날 윤기 도는 공단 원피스를 입은 보하가 크리스마스트리를 등지고 서서 천사처럼 두 손을 모은 채 소원을 빌고 생일 케이크에 꽂힌 초 열 개의 불을 모두 불어 끈 순간 보하의 엄마와 아빠는 기다렸다는 듯 입을 모아 "생일 축하해!"를 외치며 샴페인을 터뜨렸습니다.

보하는 항상 자기 아빠가 '충동적인 기분파에 제멋대로인 사고뭉치'라고 했는데 보하의 아빠에 대한 저의 첫인상도 그와 별반 다르지 않았습니다. 환호를 지르며 병을 흔들어대는 통에 거실을 온통 샴페인 범벅으로 만들었으니 말이에요. 하지만 그때 얼굴을 찌푸린 사람은 아무도 없었습니다. 일이 잘 풀릴 때는 너그러워지기 마런이잖아요. 아이들이야 원래 집 안이 엉망진창 되는 걸 좋아하고요. 나는 보하의 엄마가 애정 섞인 미소를 곁들인 채 자기 남편 쪽으로 눈을 흘기는 걸 훔쳐보았습니다. 보하의 엄마는 보하처럼 예뻤어요. 보하가 크면 당연히 보하의 엄마처럼 될 것 같았죠. 게다가 친절하기까지 했습니다. 날 보자마자 이렇게 말했거든요. "네가 구니구나. 먹다가 맛있는 거 있으면 말하렴. 싸 가서 할머니랑 같이 먹으면 좋잖아."

그래, 맞아. 둘 다 취해서 네 방 옷장에 들어가 잠들었잖아.

이상야릇한 샴페인 맛에 취한 우리는 보하의 옷장에 몸을 구겨 넣었습니다. 그리고 누군가 우리를 찾을 때까지 숨어 있기로 약속했습니다.

그런데 아무도 우릴 찾지 않았지.

보하의 얼굴에 쓸쓸한 미소가 드리웠습니다. 그날 기다리다 지쳐 잠든 우리는 스스로 깨어나 서로 손을 잡고 걸어 나왔습니다. 보하가 담배를 피우기 시작한 건 그 후로 한참 뒤의 일이었어요. 그럼에도 왜 그날과 연관이 있다고 느껴지는지 알다가도 모를 일입니다.

가만, 지금 그 집은 얼마나 하려나.

문득 생각났다는 듯 보하가 스마트폰 화면을 들여다보았습니다. 재빨리 아파트 시세를 찾아본 보하는 담배 연기를 훕 들이마시고 푹 뱉으며 말했어요.

왜 평범한 것도 이렇게 가지기 어렵냐.

보하는 말끝에 느슨한 욕을 갖다 붙이곤 했습니다. 나는 보하의 욕을 이해하며 고개를 끄덕였어요. 그렇게 해야 내일로 넘어갈 수 있는, 아주 간신히 넘어갈 수 있는 사람이 있다는 걸 알기 때문입니다.

보하가 욕을 내뱉을 때마다 나는 할머니를 떠올립니다. 할머니에겐 욕이 일상이었습니다. 욕할 대상이 무척 많았거든요. 백년가약이 무색하게 너무 일찍 세상을 뜬 두 명의 남편과 어느 날 불쑥 찾아와 핏덩이를 던져놓고 돈을 벌겠다며 떠나 연락 한 번 없는 외동딸은 하루에 꼬박 세 번씩 진심을 다해 기도하듯 욕하지 않으면 안 되는 대상이었습니다. 사정이 하도 딱해 큰맘 먹고 쌈짓돈을 빌려주었는데 말 한마디 없이 야반도주해버린 기름집 아기 엄마도, 싼값에 지붕을 수리해주겠노라 호언하고서 막걸리에 파전까지 얻어먹고 순 엉터리로 땜질해놓은 만물사 박 씨도, 뽀글뽀글 파마만 해달라는 할머니의 말을 무시하고 멋대로 몰래 영양제를 추가하고는 이에 대해 따지는 할머니를 외려 행짜 부리는 손님으로 몰아붙인 새로 생긴 미용실 원장도, 누구든 할머니의 찰진 욕을 피해 갈 수 없었습니다.

  할머니는 심지어 나의 학교 선생님에게도 욕을 했습니다. 다짜고짜 학교에 찾아와 "전교 일등은 우리 손주가 했는데 수학 경시대회인지 뭔지에 왜 다른 애가 나간 것이냐"고 따졌습니다. 물론 욕을 섞어서요. 선생님은 차분히 이유를 설명했습니다. 수학적 재능과 잠재력을 보고 공정하게 선별한 거라고요. 나중에 보하는 내게 "그 말을 믿냐"라며 코웃음 쳤습니다. 글쎄요. 나는 선생님의 말을 믿었던 걸까요? 그래서 입을 다물고 있었던 걸까요? 잘 모르겠습니다. 솔직히 그런 대회 따위 관심 없었기 때문에 자격이 있느니 없느니 시시비비를 따지는 데 기운을 빼고 싶지 않았어요. 가진 화살이 많은 사람은 여러 번 활을 쏘아도 부담이 되지 않지만 화살이 적은 사람은 신중하고 또 신중해야 하니까요. 함부로 시위를 당길 수가 없어요.

하지만 할머니는 나와 달랐어요. 아무리 사소하고 오래된 원한이어도 절대로 잊지 않는 사람이었습니다. 하나하나 또렷이 기억하고 있다가 힘이 빠질 때마다 배에 힘을 주고 욕을 뱉었어요. 빈 활시위를 당기는 것만으로도 적에게 타격을 줄 수 있는 공력이 있었죠. 나에게 힘주는 법을 가르치느라 정작 자신은 힘 빼는 법을 까먹어버린 것이 문제라면 문제였지만요. 나는 할머니를 사랑했지만, 아니 사랑을 넘어 추종했지만 가끔은 할머니의 욕설을 견디기 힘들어 할머니가 없는 곳으로 가서 귀를 막곤 했습니다. 사랑하는 사람의 말을 차마 다 들어내지 못하고 귀를 막아야 하는 건 조금 슬픈 일이었어요.

할머니의 욕과 달리 보하의 욕엔 특정한 대상

이 없었습니다. 보하는 항상 말끝에 짧은 욕을 붙였어요. 나는 보하가 욕을 할 때는 귀를 막지 않았습니다.

   하지만 슬프기는 매한가지였어요.

   나를 슬프게 만드는 두 사람은 더욱 슬프게도 서로를 좋아하지 않았습니다. 할머니는 처음부터 보하네 가족을 탐탁지 않게 여겼습니다. 같은 교인이지만 교회에 전혀 도움이 안 된다고 했어요. 보하의 부모님은 내킬 때마다 한 번씩 나들이 오듯 교회를 찾았거든요. 사실 그보다 할머니가 보하를 못마땅해한 이유는 따로 있었습니다. 할머니는 내가 보하와 친해져서 좋을 게 없다고 생각했어요. "보하 같은 애한테 마음 주는 거 아니다." 할머니의 세상엔 우리 같은 사람과 우리와 다른 사람, 단 두 종류의 사람만이 있었습니다. 그리고 할머니가 자신을 마음에 들어 하지 않는다는 걸 영민하게 알아차린 보하는 내가 무심코 할머니 얘기를 꺼낼 때마다 눈썹을 좌우 비대칭 모양으로 만들며 생각이 많아진 듯한 표정을 지어 보였습니다.

그래도 보하와 나는 소원해지지 않았어요. 같은 중학교에 입학하면서 오히려 더 가까워졌죠. 내가 보하를 좋아할 수밖에 없는 이유는 아주 많았습니다. 보하는 까칠한 구석이 있었지만 나에게만은 다정했어요. 내 눈을 들여다보다가 까르르 웃음을 터뜨리곤 해서 종종 날 부끄럽게 하긴 했어도, 보하는 내가 관심을 받고 있다고 느끼게 해주었습니다. 책 읽기를 좋아하지도 않으면서 내가 읽어주는 건 좋아했고요. 마음에 드는 음악을 발견하면 가장 먼저 내게로 달려와 이어폰을 나누어 꽂았죠. 보하의 이름으로 비공개 SNS 계정을 만들어서 우리 둘만의 비밀 이야기를 나누기도 했습니다. 피드 대부분은 보하의 깜찍하고 앙큼한 글로 채워졌지만요.

보하에게선 늘 상큼한 귤 냄새가 났어요. 바람이 불어 머리카락이 찰랑거리면 향기가 더욱 진해졌죠. 나는 책상에 엎드려 교과서에 얼굴을 묻고 있다가 교실 창문으로 바람이 들어오면 반사적으로 고개를 들어 보하를 바라보곤 했습니다.

그러면 보하는 싱겁게 웃으며 내 머리카락을 흩트려놓거나 가볍게 내 목에 팔을 두르곤 했어요. 보하 앞에서 나는 더 이상 작은 들짐승 같은 여자아이가 아니었지요. 그런데 무슨 이유에서였을까요. 나는 그 시간이 그리 오래가지 않을 것 같은 느낌을, 아슬아슬하고 불안한 느낌을 줄곧 품고 있었습니다.

    열여섯 살 때였어요. 우리는 고등학교 입학을 앞두고 있었습니다. 춥디추운 겨울이었는데, 보하가 이상한 차림으로 한밤중에 우리 집을 찾아왔어요. 검은 롱 패딩, 알록달록한 수면 바지, 맨발에 슬리퍼. "너 미쳤어?" 내가 소리쳤습니다. 너무 놀랐거든요. 도대체 어디서부터 걸어왔는지 알 수가 없었어요. 불빛 하나 없는 어두운 밭두렁 사이를, 겁도 없이. 동상에 걸리려고 작정하지 않은 이상 영하 10도의 날씨에 맨발로 집을 나서는 사람이 어디 있나요.
    나 완벽하게 제정신이야.
    아니거든? 너 제정신 아니야.

나는 걸치고 나온 카디건을 급히 벗어서 쭈그리고 앉아 보하의 발에 덮어주었습니다. 보하는 그런 나를 물끄러미 내려다보았어요.

……추워.

당연히 춥지.

맞아. 당연히 추워. 근데 왜 나 집에 들어오라고 안 해?

내 어깨가 움찔한 걸 보하도 보았을까요.

오늘 너희 집에서 자고 가도 돼?

나는 고민했습니다. 위아랫니가 맞부딪히도록 달달 떨고 있는 보하를 눈앞에 두고 글쎄 고민 같은 걸 했어요. 집이라고 해봤자 할머니와 내가 함께 자는 작은 방 한 칸. 이 집의 대장은 할머니. 할머니는 게다가 내게 보하와 어울리지 말라고 했으니까요. 지금껏 할머니와 나의 방을 비집고 들어와 잠을 청한 사람이 단 한 명도 없었다는 것 역시 나를 망설이게 한 이유 중 하나였습니다.

그게…….

나도 모르게, 할머니가 주무시고 계신 방의 장

지문을 쳐다보았어요. 내가 할머니의 눈치를 보고 있다는 것을 보하에게 알려준 셈이었죠.

알았어. 신경 쓰지 마.

보하가 카디건에서 한 발을 빼내며 말했어요.

내 일은 내가 알아서 할게. 그게 맞네.

내가 당황해 일어서자 보하는 황급히 고개를 돌렸습니다.

들어가서 마저 자. 늦은 시간에 찾아와서 미안.

어디 가려고. 집으로 갈 거지?

나는 보하가 나를 안심시킬 수 있는 말을 해주길 바랐어요. 하지만 보하는 아무 말도 하지 않고 컴컴한 밭길을 향해 걸어갔습니다.

안 되겠다. 내가 버스 정류장까지만이라도 바래다줄게.

나는 보하를 급히 따라나섰습니다. 버스가 끊긴 시간이라는 걸 뻔히 알면서도요. 그러자 보하가 냉기 어린 목소리로 소리쳤어요.

따라오지 마!

보하야…….

잠시 정적이 흘렀습니다. 보하는 애써 목소리

를 가라앉히고 말했어요.

　큰길에 엄마가 차 대놓고 기다리고 있어. 집으로 돌아갈 거니까 걱정하지 마.

　거짓말이었어요. 빤한 거짓말. 보하를 기다리는 사람이 없다는 것도, 보하를 혼자 보내면 안 된다는 것도 막연히 알 수 있었어요. 그런데 왜 그랬을까요. 나는 그저, 고개를 끄덕였습니다. 보하가 타박타박 걸어 제 몸을 까만 소실점으로 만들고 거대한 칠흑빛의 일부로 사라지는 걸 지켜보기만 했어요. 그러고 방으로 돌아와 몸을 웅크리고 작은 소리로 훌쩍였습니다.

　왜 그냥 보냈어.

　할머니는 다 듣고 있었습니다. 나는 차마 "할머니가 보하를 싫어하잖아"라고 털어놓을 수가 없었습니다. 그래서 대답 대신 더 크게 소리 내어 울었어요.

　내가 밉냐.

　나는 고개를 저었습니다. 할머니를 미워하다니, 가당치도 않은 말이니까요.

　사람이 사람을 미워할 줄도 알아야지. 너는 어

떻게 된 애가 왜 여태껏 누굴 미워한다는 말을 한 번 안 해. 내가 내 딸 미워하는 것보다 구니 네가 네 엄마 미워하는 게 열 배, 백 배 된다 해도 뭐라 할 사람 하나 없는데.

할머니는 엄마를 미워하지 않았습니다. 수없이 많은 욕을 입에 담았지만 그건 미움 때문이 아니라 절절한 그리움 때문이었어요. 반면 나는 엄마가 그립지 않았기에 미워하지도 않았습니다. 아이들에겐 엄마가 전부죠. 내겐 할머니가 나의 엄마였고, 나의 전부였습니다.

미워해서 뭐 해? 미워한다고 돌아오는 것도 아니고.

나는 울음기가 채 가시지 않은 목소리로 대꾸했습니다.

엄마는 죽었어. 그러니까 이렇게 연락이 없지.

할머니는 희망을 품고 있는지 몰라도 나는 아니었습니다. 그래서 엄마가 이미 죽어버렸다고, 아무도 모르는 어딘가에 죽어 묻혀 있을 거라고 생각했습니다. 한 번도 곁에 있던 적 없는 존재이니 아예 없다고 여기는 게 속이 편했거든요.

그런 나를 보는 할머니의 마음이 얼마나 복잡했을까요.

이대로 보내면 보하 걔는 널 미워할 거다.

할머니가 "끙" 소리를 내며 주섬주섬 자리에서 일어났습니다. 그러고 마음 약해진 대장처럼 온화하게 말했어요.

가서 데려오자.

보하는 멀리까진 가지 못했더라고요. 할머니와 내가 밭가에 쭈그리고 앉아 무릎에 얼굴을 묻고 있는 보하를 찾아내는 데에는 그리 오랜 시간이 걸리지 않았어요. "미안해, 보하야. 미안해." 나는 벌써 보하가 나를 미워하면 어쩌나 걱정했습니다. 보하는 아무 말 없이 몸을 일으키고는 할머니를 향해 꾸벅 인사를 했습니다. 하지만 할머니는 "쯧" 하곤 혀를 차고 돌아설 뿐이었어요. 나는 얼른 보하의 손을 잡고 할머니의 뒤를 따랐습니다.

그날 밤 우리 셋은 한자리에 나란히 누웠습니다. 할머니와 보하 사이에 누워 잠을 청하며, 나는 오늘따라 아랫목이 유난히 따뜻하게 데워져서 다행이라고 생각했습니다. 그때 보하가 내게 속삭였어요.

구니야. 우리 아빠 감옥 간대.

뭐?

놀라서 모로 돌아누운 나를 똑바로 바라보며 보하가 말을 이었습니다.

우리 집 폭삭 망했어. 이제 어떻게 될지 아무도 몰라.

어쩌다 감옥에 가시는데?

횡령이래. 회사 돈 훔쳤대.

보하는 자기 아빠가 억울해한다는 말도 덧붙였습니다. "금방 다시 돌려놓으려고 했대. 투자만 성공하면 그 열 배로 벌 수 있으니까 이자까지 쳐서 돌려놓을 자신도 있었대." 어쩌면 그때만큼은 보하도 아빠의 말을 믿어주고 싶었는지 모릅니다. 아빠가 잘못을 저질렀다는 걸 알면서도 섣불리 아빠를 비난할 수 없었을 거예요. 그건 아빠에 대한 배신으로 느껴졌을 테니까요. 나는 그 후 아빠를 향한 보하의 감정이 애증에서 냉소로 변해가는 과정을 지켜보았어요. 한 단계 한 단계 지독히도 고통스러워 보였죠. 그래서일까요. 나는 종종 열여섯 살의 보하를 떠올리고는 혼자 그리워합니다. 아직 완전히 아빠를 미워하지 못했던 보하를요.

괜찮을 거야. 부자는 망해도 3년은 간다고 하잖아.

그게 나한테 할 소리야, 지금?

보하가 피식 웃었습니다. 내가 생각해도 어이없는 위로이긴 했어요.

그리고 우리 집 부자도 아니야. 부자는 무슨.

보하는 천장을 보고 누우며 한숨을 내쉬었습니다.

모르겠다. 어떻게든 되겠지. 내가 할 수 있는 일도 없고.

보하가 눈을 감는 걸 보며 나도 자세를 고쳐잡고 누웠지만 도통 잠을 이룰 수가 없었습니다. 나는 한참을 뒤척이다가 바깥 화장실에 가기 위해 웃옷을 다시 껴입고 방을 나섰어요. 보하가 있으니 방에 있는 요강을 쓸 수는 없었거든요.

보하의 아빠가 감옥에 간 뒤 보하네 집은 허무하게 망해버렸습니다. 엄청나게 부유하진 않다는 건 진작에 알았지만, 보하네는 보하의 말대로 정말 부자가 아니었어요. 영화나 드라마에선 스위스 비밀 계좌나 페이퍼 컴퍼니를 만들어 돈을 곧잘 숨겨두곤 하던데, 보하의 아빠는 그러지 못한 걸 보면요. 보하와 보하의 엄마는 숨겨놓은 돈을 찾기는커녕 숨겨왔던 빚만 찾게 되었죠. 보하의 엄마는 아파트만큼은 지키고 싶어 했지만 그건 참으로 순진한 바람이었습니다. 삶은 곧바로 궁핍해졌어요. 정신 차리기 힘들 정도의 속도로, 아주 빠르게 말입니다. 아찔한 변화였지요. 그리고 그 변화는 우리의 이별을 불러왔습니다.

보하는 엄마를 따라 여기저기 옮겨 다니며 생활했습니다. 가끔 내게 연락을 주었지만 자세한 얘기는 하지 않았어요. 드문드문 별다른 설명 없이 SNS에 밤하늘의 별이나 골목의 가로등 같은 사진을 올리곤 했을 뿐이죠. 하지만 보하가 자기 상황에 대해 설명한 적이 없다고 해서 그동안의 힘듦을 아예 모를 수는 없었습니다. 열아홉 살에 다시 만난 보하는 정말 많이 달라져 있었거든요. 외모가 특별히 달라진 건 아니었어요. 키가 더 자라거나 체중이 변한 것도 아니었죠. 그런데도 보하는 완전히 딴사람처럼 보였습니다.

나, 인상 많이 변했지?

놀란 내 표정을 의식했는지, 보하가 쓸쓸한 미소를 지으며 말했습니다. 나는 뭐라고 대꾸해야 할지 모르는 채로 보하에게 다가가 옆자리에 앉았습니다. 그때도 역시 겨울이었는데, 보하는 굳이 밖에서 보자고 했어요. 우리는 인적이 드문 황량한 공원의 벤치에 앉아 잠시 말없이 서로를 힐끔힐끔 쳐다보았습니다.

내가 봐도 그래. 거울 속 내 얼굴을 보고 있으면 어색해.

아니야. 그대로인데 뭘.

내 티 나는 거짓말에 보하는 미소 섞인 눈 흘김으로 답했습니다. 그러고는 자기 어깨로 내 어깨를 툭 치며 덧붙였어요.

구니 너야말로 그대로다. 수능은 잘 봤어? 학교는 정해졌고?

보하가 내게 성적이나 대학교 얘기를 꺼낸 건 헤어진 뒤로 처음이었습니다. 굳이 언급하지 않는 데에는 이유가 있다고 생각해서 나도 그런 이야기는 피해왔었고요.

응……. 다행히 장학금을 지원해준다는 데가 있어서.

학교 이름을 들은 보하는 "그럼 이제 할머니와 떨어져 지내야겠네"라고 말했습니다. 보하는 나에게 가장 중요한 게 무엇인지 잘 아는 사람이었지요. 할머니와 떨어지는 것. 그건 아직 실감 나지 않는 두려움이었습니다. 봄이 오면 대학교 기숙사로 거처를 옮겨야 한다는 걸 머리로는 받아들인 상태였지만 속으로는 제발 그날이 오지 않게 해달라고 떼쓰듯 기도하고 있었거든요. 할머니 앞에선 내 마음을 숨겨야 했습니다. 그 모든 건 다 할머니의 계획이었으니까요.

할머니는 영리한 사람이었습니다. 혹자는 영악하다고 할 수도 있겠죠. 그런데 저는 차마 그리 말할 수 없어요. 열여섯의 보하가 자기 아빠를 비난하지 못했듯, 보기에 따라서 평가가 달라질 수 있는 비밀을, 할머니가 오래 숨겨온 그 비밀을 나는 알고 있었기 때문입니다. 바로 할머니가 신을 믿지 않으면서도 믿는 척하고 교회를 열심히 다녔다는 사실이었죠.

아마도 목사님이나 사모님이 이 사실을 알면 충격을 받을 겁니다. 어쩌면 믿지 않을 수도 있어요. 할머니는 누구보다 신실하게 교회 생활을 했거든요. 비록 헌금은 많이 내진 못했지만 대신 교회 일이라면 항상 두 팔 걷고 나선 데다가 청소는 물론이고 가끔 목사님 부부가 출장이나 여행을 갈 때마다 사택 관리까지도 자청하여 도맡아 할 정도로 열정적이고 헌신적이었는데, 그런 할머니가 믿음이 없는 자였다니 쉬이 믿길 리 있겠어요. 나는 아직도 할머니가 삐뚤빼뚤한 글씨체로 성경을 필사한 노트를 목사님에게 내보였던 순간 목사님이 지었던 표정을 잊을 수가 없어요. 성직에 종사하는 기쁨과 은혜로움을 눈앞의 늙고 가난한 여인에게서 마침내 찾은 듯이 보였죠. 얼마나 감동했으면 예배 중에도 몇 번이나 소리 높여 할머니의 신앙심을 예로 들었겠어요. 그때마다 사람들은 "아멘"을 외쳤지요.

그런 일이 반복되자, 할머니는 어느덧 교회의 상징 같은 존재가 되어버렸어요. 죽어서도 교회의 지박령이 될 기세였죠. 아무리 믿기 어렵다 해도 할머니의 그 모든 행동이 결국 오직 하나의 목적을 이루기 위해 의도된 것뿐이었다는 건 분명한 사실입니다. 오직 하나의 목적. 그건 나였어요. 할머니에겐 내가 목적이자 신앙이었어요. 그래요, 나는 할머니의 작은 '하나님'이었습니다.

할머니는 틈만 나면 목사님과 교회 사람들에게 내가 얼마나 똑똑하고 공부를 잘하는지 이야기했어요. 그런 나를 혼자 뒷바라지하기가 얼마나 힘에 부치고 막막한지도 하소연했지요. 할머니는 큰 소리로 기도하곤 했어요. "주여. 주님이 이 아이를 총명하게 만드신 뜻을 제가 받들고 싶은데 어찌하면 좋겠습니까." 나는 그런 할머니가 가끔은 창피하고 가끔은 부담스러웠어요. 할머니에겐 내 감정이 중요하지 않았습니다. 목표가 있었으니까요.

할머니는 집요했고, 교회는 주의 뜻인지 할머니의 뜻인지 모를 그 뜻을 받들기로 했어요. 머지않아 교회 청년부의 언니 오빠들이 돌아가면서 저에게 과외를 해주기 시작했습니다. 그중 목사님의 아들 현림이 가장 열성적이었죠. 현림은 고작 세 살 위였지만 무척 어른스러웠어요. 예의 바르고 의욕 넘치고 잘 웃는 데다가 말하고 가르치는 걸 좋아했습니다. "구니는 뭐든 빨리 배우는구나. 배우는 대로 흡수해버리는 것 같아." 현림이 칭찬을 넘어선 감탄을 내뱉을 때마다 나는 부끄러운 척했지만 사실은 남몰래 으쓱했습니다. 그의 눈빛이 목사님이 보였던 눈빛과 똑같았거든요. 할머니가 성경을 필사한 노트를 내보였을 때 목사님의 눈동자에 떠올랐던 눈빛 말이에요. 그래서 더 열심히 했습니다. 공짜 과외에 보답할 수 있는 방법은 그것밖에 없었으니까요. 현림에게 가르치는 보람을 주고 싶었어요.

물론 열성적인 면으로 치자면 현림은 자기 아버지를 따라잡을 수 없었습니다. 대학 입시를 앞두고 목사님은 내게 딱 맞는 학교를 찾아주시겠다며 사방에 상담을 받으러 다니셨어요. 덕분에 4년 장학금에 기숙사까지 제공받는, 아주 좋은 조건으로 대학에 입학할 수 있었죠. 솔직히 믿을 수 없을 정도로 일이 잘 풀려서 얼떨떨했어요. 합격자 발표를 확인한 날, 나는 텅 빈 교회에 들어가 홀로 기도했습니다. "주님, 이건 주님의 뜻인가요?" 어쩐지 나는 그 모든 일이 할머니의 뜻이 아니라 신의 뜻이라고 믿고 싶었던 것 같습니다. 그래야 할머니의 비밀 덕을 보는 내 자신을 덜 수치스러워할 수 있었으니까요.

하지만 보하는 그 행운과 순탄함이 모두 할머니의 극성스러움에서 비롯된 것임을 알고 있었을 겁니다. 원리는 알 수 없지만 보하와 할머니는 서로를 예민하게 인식하고 파악했어요. 내가 할머니에 대해 입 밖으로 내지 않은 사실까지도 보하는 얼추 짐작하고 있었죠. 그런 보하를 신기해할 때마다 보하는 시큰둥한 표정으로 이렇게 말했어요. "원래 싫어하는 사람끼리 만나면 그래. 좋아하는 눈으로 보면 못 보는 걸 보거든." 마치 그런 일을 너무 많이 겪었다는 듯한 표정이었습니다.

너희 할머니, 드디어 소원 이루셨구나.

장학금이며 기숙사며 수석 입학이며 하는 얘기를 들은 보하가 감탄했습니다. 그리고 아주 오묘한 톤으로 이어 물었어요.

그런데 너 기숙사 가면 너희 할머니 이제 어떡해?

내가 떠난 뒤 할머니가 어떨지는 생각해본 적이 없었어요. 갑자기 아프거나 어디 다치기라도 하면 큰일이다 싶었지만 할머니의 마음은 전혀 걱정하지 않았어요. 내게 할머니는 마음이 돌 같은 사람이었거든요. 외로움이나 쓸쓸함이라는 감정은 할머니와 도무지 어울리지 않았습니다.

가라. 방학 때도 올 것 없어. 남들 놀 때 한 글자나도 더 읽고. 전화도 자주 하지 마. 무소식이 희소식이야.

작은 짐 가방을 들고 집을 나설 때도 할머니는 그저 뚝뚝할 뿐이었습니다. 할머니다운 인사였지만, 나는 그런 할머니에게 조금 서운함을 느겼어요.

할머니는 나 안 보고 싶을 거 같아? 난 맨날 맨날 할머니 보고 싶을 거 같은데.

사람 보고 싶다고 다 보고 살 수 있는 거 아니다. 뒤돌아서는 거 딱 잘라서 못 하면 스스로 팔자 망치는 거야.

그래서 나 안 보고 할머니 팔자 고치려고?

내가 입을 쭉 내밀고 불퉁대자 할머니는 잠시 나를 물끄러미 보다가, "어떻게 알았을까. 이제 내 팔자 네 팔자 같이 좀 고쳐보자"라며 퉁명스럽게 말을 던지고는 등을 돌렸습니다. 나는 한참 할머니의 뒷모습을 노려보다가 결국 눈물을 훔치며 집을 나섰어요. 혹시나 하고 바랐던 이별의 장면이 아니라 당황스럽기도 했고, 예상보다 훨씬 단호하게 뒤돌아서는 할머니를 보니 섭섭하다 못해 화가 나기도 했지요.

밭길을 걷다 몇 번이나 걸음을 멈추고 돌아보았지만 할머니는 단 한 번도 몸을 돌려 나를 쳐다보지 않았습니다. 마지막으로 돌아보았을 때 할머니는 이미 방으로 들어간 뒤였어요. 나는 씩

씩대며 눈물을 닦고 버스에 올라탔습니다. 할머니가 아무리 날 밀어내도 매달, 아니 매주 집에 찾아오리라 다짐하면서요.

하지만 그러지 못했습니다. 할머니를 그리워하며 잠 못 든 두 번의 밤 이후로 나는 작고 깨끗한 기숙사 방 침대에서 매일 밤 단잠에 들었습니다. 솔직히 너무 쾌적했어요. 푹신한 매트리스 덕분에 등이 배기지도 않았고, 웃풍 탓에 코가 아픈 일도 없었습니다. 아침에 일어나면 밖으로 나가지 않고도 방에 딸린 화장실을 쓸 수 있었고, 의자에 앉아 번듯한 책상 위에 책을 놓고 공부할 수도 있었습니다. 룸메이트도 조용하고 친절한 사람이었습니다. 우리는 각자의 공간을 깔끔하게 관리했고, 필요한 물품을 함께 사 오기도 했어요. 조금씩 나만의 물건이 생겼습니다. 주광색 빛이 퍼지는 작은 스탠드, 눈사람이 그려진 빨간 머그잔, 초록색 수건 다섯 장을 시작으로 룸메이트를 따라서 구입한 수분 크림과 자외선 차단제, 수면 바지까지. 모두 저렴하기 짝이 없는 중고품이나 떨이 상품이었지만 나에겐 황홀하기 그지없는 사치품 그 자체였어요. 오전의 캠퍼스를 걷는 것, 도서관에서 시간 가는 줄 모르고 책을 읽는 것, 벤치에 앉아 동기들과 수다를 떠는 것, 시간표를 짜고 강의를 듣고 과제를 하는 것, 학식 메뉴를 확인하는 것, 축제 분위기에 취하는 것. 이런 생활이 사치가 아니라면 무엇이 사치겠어요.

그중 내가 가장 사랑했던 시간은 아침에 일어나 가볍게 단장을 하고 기숙사에서 도서관까지 산책하듯 걸어가 가끔 흠흠 하는 헛기침 소리나 발소리, 책장 넘기는 소리만 들릴 뿐인 자료실에 앉아 조용히 책을 읽는 일과였습니다. 그 일상을 너무도 사랑한 나머지 만약 누군가 내 소중한 일상을 뺏으려 한다면 온몸을 바쳐 투쟁할 수도 있을 정도였어요. 나는 그 누구도 사랑하지 않았던 시기에 사랑에 빠졌습니다. 사랑의 대상은 오롯한 나만의 시간이었습니다.

그 누구도 사랑하지 않았던 시기라고 말한 건 이유가 있습니다. 나는 할머니에게 매정했어요.

전화도 하지 않았고, 집에 찾아가지도 않았습니다. 열흘 중 아흐레는 할머니 생각이 전혀 나지 않았고 하루 정도는 전화를 할까 말까 망설였습니다. 하지만 전화해야겠다는 마음이 전화하기 싫다는 마음을 이긴 적은 없었어요. 물론 전화하기 싫은 마음은 쉬이 죄책감을 불러일으켰지요. 그때마다 면죄부가 되어준 건 집을 떠나던 날 할머니가 보여준 매정함이었습니다. 나는 할머니의 매정함에 기대어 나의 매정함을 키워갔습니다. 살면서 처음으로 손에 쥔 나만의 시간을, 나의 평온한 시간을 지키고 싶다는 생각에 사로잡혀 나의 매정함을 정당화하면서요. 사실 나는 두려웠어요. 수화기 너머로 할머니가 약한 목소리를 낼까봐, 집으로 돌아오라고 할까봐 무서워서 딱 잘라 뒤돌아서야 한다던 할머니의 말을 구실 삼았던 거죠. 영악한 사람은 오히려 나였습니다. 영악한 배신자. 바로 그것이 그놈안 할머니의 사랑으로 꽁꽁 싸여 드러나지 않았던 나의 본모습이었어요.

방학인데, 집에 안 갈 거야?

대학에서 맞이하는 첫 여름의 초입에 보하가 찾아왔습니다. 마침 룸메이트가 고향에 내려간지라 양해를 구하고 보하를 묵게 했어요. 학교를 둘러보는 동안 별다른 감흥을 보이지 않았던 보하는 기숙사 방에 들어오자 되려 편안해 보였죠.

아르바이트도 해야 하고, 이번엔 못 가지 뭐.

역시 목사님이 힘을 써주셔서 적게 일하고 많이 벌 수 있는 양질의 아르바이트를 구할 수 있었습니다. 교회 인맥으로 알음알음 물려주고 이어받는 일자리였죠. "할머니께 전화는 자주 드리니?" 아르바이트 면접 정보 공유를 위해 연락하신 목사님이 전화를 끊기 전에 물었습니다. 나는 영악한 배신자에 더해 영악한 거짓말쟁이로서의 면모까지 발휘하여 짧게 대답했습니다. "네, 그럼요."

흐음. 구니 너, 의외의 면이 있네.

보하가 룸메이트의 침대에 기대어 앉아 과자 봉지를 뜯었습니다. 과자 부스러기가 나풀나풀 떨어졌어요. 나는 손바닥으로 방바닥을 훔치며 말했습니다.

왜? 너도 내가 배은망덕하다고 생각해?

뭐?

왜 그런 말이 입 밖으로 나왔을까요. 나에게 그런 말을 한 사람은 아무도 없었는데 말이죠. 그런데 보하는 내 뾰족한 말투에 개의치 않고 오히려 날 걱정하듯 물었습니다.

그게 무슨 말이야? 설마 구니 너, 방학 때 할머니 보러 못 가서 자책하는 거야?

아니야, 그런 거.

당시 이미 나의 마음은 자책을 넘어서 회피로 향하고 있었습니다. 그래도 조금은 찔리고 켕기는 구석이 없지 않으니 나도 모르게 발끈했을 뿐이지요.

그래. 그런 걸로 자책할 필요 없어. 노는 것도 아니고, 아르바이트하느라 못 가는 건데. 네가 그렇게 약해빠지게 구는 거 보면 너희 할머니가 퍽도 가만히 있겠다. 당장 등짝을 후려치실걸.

보하가 과자를 와그작와그작 씹었습니다. 적의 성정을 꿰뚫어 보는 눈빛으로 허공에 시선을 두면서요. 나는 그런 보하를 바라보며 입술을 달

싹였습니다. "실은 그동안 할머니한테 전화 한 통 하지 않았어"라고 고백하고 싶었거든요. 보하가 어떤 반응을 보일지 알 수 없었지만 설령 쌍욕을 하며 나를 혼내더라도 결국에 가서는 용서해줄 거라는 이상한 믿음이 마음속에 움텄습니다. 더 나아가 할머니 대신 내 등짝을 후려쳐서 기어이 나를 집으로 보내고 말 거라는 기대도 품었고요. 하지만 내가 고해하기 전에 보하가 먼저 말을 이었습니다.

우리 같은 사람은 말이야.

나는 어깨를 움찔하고 보하를 멀거니 쳐다보았습니다. 우리 같은 사람. 익숙한 표현이었지만 보하의 입에서 나올 일은 없다고 생각한 말이었어요.

우리 같은 사람은 자기 탓을 많이 하면 안 돼. 그런 건 여유 있는 사람들이나 하는 거야. 먹고 살기 바쁜데 내 탓할 새가 어디 있니? 그러다 우물 밑바닥까지 가라앉으면 꺼내줄 사람은 있고? 그러니까 할 거면 차라리 세상 탓을 해. 어쨌든 세상이 엉망진창인 건 사실이니까.

보하가 자신을 나와 동류라 여긴다는 건 정말이지 신선한 충격이었습니다. 나는 그렇게 생각하지 않았거든요. '우리 같은 사람'은 할머니와 나를 의미하는 말이었습니다. 내게 보하는 여전히 '우리와 다른 사람'이었어요. 고집스러운 경계심. 나도 모르게 그런 걸 품고 있었나 봅니다. 태어날 때부터 가난한 사람이 가질 법한 일종의 보호 본능 같은 것 말이에요.

보하는 자기가 한 말을 내가 잘 이해했는지 확인하려는 듯 나를 바라보다가 이내 자세를 고쳐 앉았습니다.

구니야, 나 검정고시 볼 거야.

어?

나 고등학교 1년도 못 다니고 때려치웠거든. 몰랐지? 넌 내가 어떻게 지내는지 묻지를 않더라. 뭐, 그래서 네가 편한 것도 있지만. 아무튼 난 너처럼 열악한 환경에서도 꿋꿋이 공부하는 타입은 아니더라고. 모텔이랑 쪽방촌, 반지하 단칸방을 전전하는데 공부할 맛이 나야지. 다닐 때도 학교를 워낙 자주 빠졌다 보니 친구도 없고.

그래서 이런저런 아르바이트로 시간 때우고 그 랬는데, 이제 제대로 취업하려면 고등학교 졸업장 정도는 있어야 할 거 같아서. 혹시 알아? 학원 수업 들으면서 공부에 재미 붙이면 대학 욕심도 생길지.

보하가 나를 떠난 뒤 겪어낸 시간을 대강이나마 말해준 건 그때가 처음이었어요. 얼마 전 보하의 아빠가 출소해서 돌아오셨다고 하더라고요. 보하와 보하의 엄마는 앞으로 형편이 좀 나아지리라는 희망을 품고 있는 듯했습니다.

그래서 말인데. 나도 여기로 올까?

응?

대학 말이야. 나도 여기 지원해서 너랑 같이 학교 다닐까.

내 쪽으로 몸을 기울인 보하에게서 달뜬 열기가 느껴졌습니다. 감히 버티지 못할 만큼 사랑스러운 에너지가요. 곧 내 입에선 하릴없이 대답이 새어 나왔습니다.

그럼 나야 좋지.

나는 보하를 안심시키고 응원해주었어요. 그

리고 다음 날 손목이 아플 정도로 손을 흔들며 보하를 애틋이 배웅했습니다. 그래야만 내가 한 말이 새빨간 거짓말이었다는 걸 들키지 않을 것 같았거든요. 할머니에게 전화하지 않은 나는 용서해주어도 자신과 같은 대학에 다니고 싶어 하지 않는 나는 용서할 리 없는 보하. 그런 보하를 잃고 싶지 않았습니다. 할머니와 보하에게 조금씩 매정하게 굴고 있지만 두 사람에게 버림받고 싶지는 않았어요. 나는 다만 두 사람에게 내가 누리는 지금 이 시간을 그저 보아 넘겨달라고 떼를 쓰고 있었지요.

보하를 그렇게 보낸 뒤 그해 여름은 순조롭게 흘러갔습니다. 유난히 매미가 자지러지게 울어댔던 것 외엔 딱히 유난할 것 없는 여름이었어요. 다행스럽게도, 수해 소식도 들려오지 않았죠. 방학을 맞이한 학교는 참 평화로웠어요. 나는 매일같이 기숙사 방을 청소하고 아르바이트를 다녀오고 도서관에서 책을 읽는 생활을 이어갔습니다. 일이 일찍 끝나는 날엔 한적한 캠퍼스를 여름의 유령처럼 거닐었죠. 오래된 나무들이

습기 없는 바람에 몸을 흔들면 어느덧 익숙해진 학교 냄새가 사랑하는 이의 체취처럼 내 몸을 파고들었습니다. 아무도 사랑하지 않았던 주제에, 팔자 좋게 그런 마음을 품고 지냈어요.

  목사님의 전화를 받은 건 꿈결 같던 여름방학이 끝나갈 무렵이었습니다.

  구니야. 할머니가 돌아가셨다.

  목사님이 울먹이는 목소리로 말씀하셨습니다.

  할머니는 교회 사람들의 경조사에 빠지는 법이 없었습니다. 교회 사람들은 그 빚을 착실히 갚았고요. 장례의 시작부터 끝까지 교회의 도움이 깃들지 않은 것이 없었거든요. 나 혼자였다면 무엇을 어떻게 해야 할지 아무것도 몰랐겠죠. 홀로 남겨질 나를 위해 자신의 마지막 가는 길까지 준비해둔 할머니 덕분에 그저 슬퍼하기만 하면 되었어요. 이상하게도 나는 그토록 나를 위해 준 할머니를 위해 한 방울의 눈물도 흘릴 수 없었습니다. 할머니를 잃었다는 사실이 도무지 실감 나지 않았어요.

구니야…….

보하는 소식을 듣자마자 달려왔습니다. 우리 둘 다 아직 스무 살. 장례식이 익숙지 않은 나이였어요. 보하의 갑작스러운 등장에 수런거리는 사람들도 있었죠. 보하네를 기억하는 사람들이 적지 않았기 때문입니다.

어떡해. 너 이제 어떡해.

어색한 맞절을 한 뒤 보하가 내 손을 움켜쥐었습니다. 보하의 손이 덜덜 떨렸어요. 나는 보하가 나 대신 내가 하고 싶은 말을 소리 내어 해주고 있다고 생각했어요. "보하야, 나 이제 어떡해? 어떻게 하면 좋아?" 나도 그렇게 말하고 싶었습니다. 그런데 왜 말하지 못했을까요. 울부짖으며 그리 말한다 한들 뭐라 할 사람도 없었을 텐데 말이죠.

어떡하긴. 딱 잘라서 뒤돌아서야지.

흠칫 놀란 보하의 눈빛이 내 얼굴 이리저리에 와닿았습니다. 내가 너무 충격을 받은 나머지 머리가 잘못된 것이 아닌가 걱정하는 눈치였어요. 다행인지 불행인지 내 머리는 지독하게도 멀쩡

했습니다. 망가진 것은 내 가슴이었죠. 슬픔을 온전히 느끼지도 못할 정도로 망가져버린 가슴이요.

그게 무슨 말이야. 할머니는 영원히 네 곁에 계실 거야. 너희 할머니가 어디 보통 분이니? 귀신이 되어서라도 네 곁에 꼭 달라붙어서 널 지켜주실 거야.

보하의 손에 힘이 들어갔습니다. 내 얼굴을 뒤살피던 보하의 눈빛이 두 눈을 파고들 듯했어요. 나는 뭐라고 해야 할지 모른 채로 보하의 시선을 피하지도 못했습니다. 어쩌다가. 어쩌다가 나는 막 숨을 거둔 할머니를 두고 냉정하게 뒤돌아서겠다는 말을 하는 스무 살이 되고, 어쩌다가 보하는 죽은 이의 영이 산 자를 지켜줄 거라 믿는 스무 살이 되었을까요. 도대체 어쩌다가.

그때 옆에 있던 목사님이 낮은 목소리로 "할머니는 주님 품에 안기셨다"라고 설교하자 나란히 서 있던 현림과 교회 사람 몇 명이 "아멘"을 읊조렸습니다. 그제야 아차 싶었죠. 우리 둘이 어쩌다가 그렇게 되었는지 따지는 것은 차치

하더라도 우리의 대화가 교회 사람들의 귀에 어떻게 들렸을지는 감지해내야 했는데. 보하와 내가 좀 더 노련해지는 것은 시간이 한참 지난 후에나 가능하겠지요. 그날 우리는 줄곧 서로에게서 눈을 떼지 않은 채 은밀한 반골의 정서를 공유하는 것으로 만족해야 했습니다.

짐 정리하는 날, 나도 불러. 도우러 갈게.

보하는 상을 치르는 동안 내내 함께했습니다. 할머니를 작은 야외 봉안당에 모시고 나서 후일을 기약하며 나를 꼭 안아주기도 했어요. 여름의 끝자락, 한풀 꺾인 더위에 옅은 가을빛이 더해진 날씨. 더도 말고 덜도 말고 이별하기 좋은 날이라는 생각이 들었습니다. 나는 할머니의 유골 단지를 어루만지며 작별을 고했습니다. 그러곤 곧장 짐을 정리하기 시작했어요.

짐 정리에는 예상보다 시간이 많이 들었습니다. 한 사람의 흔적을 지우는 일이 그리 간단하지 않더라고요. 나는 틈날 때마다 집에 내려가 온갖 짐들을 하나둘씩 정리하기 시작했습니다. 부엌

살림과 보풀 인 이불, 낡은 옷가지와 늘어난 속옷, 그리고 100년은 더 거뜬히 신을 것 같은 털 달린 고무신을 버렸지요. 그렇게 정리하고 나면 할머니와 헤어질 수 있을 것 같았거든요. 오래된 옷장을 버리는 일은 현림이 찾아와 도와주었습니다. 내가 대학에 가고 나서도 현림은 종종 연락을 해 왔죠. 현림의 메시지는 언제나 나를 황송하게 만들었습니다. '구니 넌 다른 사람들과 달라.' 나는 그 말을 내가 특별하다는 뜻으로 받아들였습니다. 그러나 사실 나로서는 내가 특별하다고 생각한 적이 단 한 번도 없었어요. 현림은 나를 믿는다고, 어떤 상황에서든 길을 잃지 않고 나아갈 거라 믿는다고 말했습니다. 하지만 그즈음의 나는 스스로를 방황하는 탕아라 여기고 있었습니다. 은혜를 저버리고 목적 없이 헤매는, 길 위의 흔하디흔한 탕아. 송구하게도 나는 현림이 생각하는 사람이 아니었어요. 현림이 생각하는 사람이 될 자신도 없었죠.

그날 현림이 도착하기 전, 나는 미리 옷장 서랍을 빼놓았어요. 그러다가 옷가지를 치울 때 미처 찾지 못했던 작은 수첩을 발견했지요. 한 번도 본 적 없는 수첩이지만 할머니의 수첩이 분명했어요. 비뚤배뚤하지만 힘 있는 서체. 숫자 '0'을 쓸 때 동그라미 안에 칼로 내리치듯 사선을 그리는 버릇. 나는 가만히 할머니가 적어놓은 글자와 숫자를 바라보았어요. 주소와 전화번호. 단박에, 아주 단박에 그게 무엇을 의미하는지 알 수 있었어요. 나의 직감을 뒷받침해줄 증거도 있었죠. 수첩 사이에 사진이 한 장 꽂혀 있었거든요. 사진 속에는 단발머리를 한 앳된 소녀가 코스모스 밭 한가운데에서 수줍게 웃고 있었습니다. 그 옆엔 어색한 포즈로 카메라를 향해 서 있는 여인이 보였어요. 그 여인은 아직 굵은 주름 하나 없는 젊디젊은 나의 할머니였습니다.

나는 사진 속 할머니를 들여다보았습니다. 둥근 깃이 달린 블라우스를 입은 모습이 어찌나 어색하게 느껴지던지요. 할머니는 뒷짐을 진 채 "어디 사진을 찍어보아라" 이르는 듯한 포즈를 취하고 있었어요. 자세히 보니 할머니의 시선이 향한 곳은 카메라가 아니더라고요. 할머니는 격

정과 애정이 담긴 눈빛을 옆의 소녀에게 건네고 있었어요. 볼이 통통하고, 귀가 동그란 소녀. 내가 할머니의 마음속 '하나님'이 되기 한참 전 나보다 먼저 할머니의 마음을 차지했던 사람, 나의 엄마. 그 순간 나는 엄마에게 묘한 동질감을 느꼈습니다. 그건 공범 의식에서 비롯된 것이었죠. 우린 둘 다 할머니의 사랑을 배신했으니까요.

"한번 전화해보는 건 어때?" 잠시 후 도착한 현림이 조심스레 물었습니다. 내가 왜 현림에게 수첩에 대해 말했는지 잘 모르겠어요. 아마도 이야기할 상대가 필요했나 봅니다. 마침 현림이 곁에 있었고요. 무엇보다 나는 내가 수첩에 적힌 번호로 전화할 것을 알고 있었습니다. 할머니가 내게 엄마의 연락처를 알려주지 않았던 이유가 있을 거라고 짐작하면서도 결국 엄마에게 연락하게 될 거라는 걸. 다만 그 순간에 혼자이고 싶지 않았던 것뿐이에요. 왜냐하면…… 엄마가 전화를 받지 않을 것 또한 알고 있었기 때문입니다. "지금 거신 전화는 없는 번호입니다." 이 안내를 듣는 순간 무너져 내리지 않기 위해서,

전화를 걸 때 누군가가 내 옆에 있어주길 바랐던 거죠.

내 예상대로 현림의 존재는 도움이 되었습니다. 현림이 아니었다면 나는 할머니가 엄마의 행방을 수소문하고, 가슴 졸이면서 전화를 걸고, 없는 번호라는 안내를 듣고, 홀로 마음 아파했을 그 모든 상황을 거듭 상상하며 나 자신을 괴롭혔을 겁니다. 딱 잘라서 뒤돌아서지 못하면 팔자 망치는 거라던 말은 평생 엄마를 놓지 못하고 살았던 할머니의 인생을 반추하며 나온 것이었겠죠. 그 사실이 내 마음을 우벼 팠습니다. 혼자였다면 기력이 다 소진될 때까지, 갈퀴로 마음을 파헤쳤을 거예요. 무너질 대로 무너져서 일어서지 못했겠죠. 그런 때 현림이 있어준 건 다행이었습니다.

현림은 매사 긍정적이었어요. 응원과 격려도 곧잘 해주었고요. "언젠가 꼭 엄마를 찾을 수 있을 거야"라는 말은 제가 듣고 싶었던 말이 전혀 아니었지만요. 어쨌든 현림은 아버지의 뒤를 이어 목사가 될 자질을 갖추고 있었어요. 그런 현림에게 나는 고개를 저어 보인 적이 없었습니다. 그날도 현림의 말을 경청했어요. 하지만 속으로는 다른 사람을 생각하고 있었습니다. 지금 내 곁에 없는 사람, 보하를요.

장례식이 끝나고 몇 번인가 보하에게 연락을 했어요. 답이 오지 않자 나도 더 이상 연락하지 않았죠. 서운하진 않았어요. 원망하지도 않았고요. 짐 정리를 도우러 오겠다는 말이 진담이었는지 빈말이었는지 따지는 게 무슨 의미가 있나요. 나는 그냥…… 보하가 보고 싶었어요. 내가 왜 이러나 싶을 정도로 보하가 사무치게 그리웠어요. 그래서 그날 뜬금없이 현림이 보하를 언급하며 "너희 둘, 계속 친하게 지냈던 거야? 보하 걔, 장례식장 밖에서 담배 피우더라"라고 얘기할 때 나도 모르게 지그시 주먹이 쥐어졌던 것 같아요. 그 말의 뉘앙스로 알겠더라고요. 보하가 왜 오지 않았는지를요. 현림은 이런 말도 했어요. "걔 화장한 거 봤어? 장례식장에서 무슨 화장을 그렇게 계속 고치냐. 머리랑 옷차림은 또 그게 뭐고."

혀를 차는 현림을 보며 찬찬히 기억을 더듬어

봤어요. 보하의 머리카락 색깔이 노란색이었는지 빨간색이었는지. 치마가 짧았는지 길었는지. 화장? 화장은 뭐 예쁘게 했던 것 같아요. 그게 중요한가요? 중요한 건 한걸음에 달려와줬다는 거 아닌가요? 나는 그제야 깨달았어요. 보하는 나를 보러 오고 싶지 않았던 게 아니었어요. 장례식장을 떠돌던 그 분위기와 다시 마주하고 싶지 않았던 거죠. 보하를 향한 못마땅한 눈초리, 과거에 살을 더하는 가십, 해묵은 호기심과 얄팍한 반감. 보하는 그런 게 싫었던 거예요.

나는 냉랭한 목소리로 현림을 향해 질문 아닌 질문을 던졌습니다. "그래서, 그게 뭐 어때서요?" 현림에게는 다소 어려운 질문이었겠죠. 본인이 어떤 대답을 내놓든 옛 제자는 단호히 고개를 내저었을 테니까요.

보하는 1년이 지나서야 찾아왔어요. 마치 내 연락을 받은 적 없었다는 듯이, 받고도 무시한 적 없었다는 듯이 태연했죠. 나는 그런 보하에게 잠자코 장단을 맞춰주었어요. 우리는 학교 후문 앞에서 만나 매일 마주치는 사람들처럼 인사를 했습니다. 어렵지는 않았어요. 내겐 보하를 어색해하는 게 훨씬 더 어색한 일이었으니 말이에요.

나 검정고시 합격했어.

보하가 씩 웃으며 검지와 중지로 브이 자를 만들었습니다. "와, 진짜? 고생했다! 축하해!" 나는 엄지를 추켜세워 보였어요.

한참 공부 안 하다가 하려니까 은근히 스트레스받더라고. 3년 치를 공부하려니 만만치 않고. 그래도 아빠가 이제 다른 생각 하지 말고 공부만 열심히 하라고 하길래 그 말 믿고 책만 팠지 뭐. 나 진짜 1년 동안 학원이랑 독서실만 왔다 갔다 했다니까.

나는 보하의 합격 소식보다 보하의 아빠가 보하에게 안정적인 환경을 제공해주고 있다는 소식에 더 기뻤습니다.

엄마도 요즘은 청소 일 안 나가고 요양 아닌 요양 하고 있어. 안 하던 일 하느라 허리랑 무릎이랑 다 나갔었거든. 일 안 하니까 얼굴에 살도 붙더라. 앓는 소리도 덜 하고.

다행이다. 너무 다행이야.

그치? 다행이지? 나도 그렇게 생각해. 솔직히 난 이 이상 바라지도 않아. 그냥 지금이 좋아. 심지어 공부를 더 해야 한대도 좋아.

응?

대학 가려면 더 열심히 해야지. 나 여기 지원할 건데.

여기?

응. 너랑 같은 학교 다녀야지.

보하가 앞서 걸음을 옮겼습니다. 학교 안으로 들어서는 보하의 뒷모습은 무척 자연스러웠어요. 나는 보하의 뒤를 따르며 물었습니다.

정말이지?

그럼, 정말이지.

정말 나랑 같이 학교 다닐 거지?

그렇다니까.

내 얼굴을 본 보하가 피식 웃었어요. 아마도 꿈에 그리던 선물을 약속받은 아이가 설레고 흥분한 나머지 재차 약속을 확인하는 것처럼 보였겠죠. 내 얼굴에 분명 그런 감정들이 고스란히 드러나 있었을 테니까요. 나는 보하의 반응을 보고서야 내가 얼마나 설레고 흥분한 상태인지 알아차렸습니다. 곧 부끄러워졌어요. 한 해 전만 해도 이런 마음이 아니었는데. 보하가 내 일상을 침범하는 게 싫어서 진심으로 응원조차 해줄 수 없었는데.

그렇게 좋아?

나는 고개를 끄덕이며 보하와 팔짱을 꼈습니다. 나란히 걸으니 중학생 시절로 돌아간 것만 같았어요. 모든 것이 영영 그대로일 것 같던 시절. 녹진한 늦여름 바람에 교복 깃이 나풀거리던 순간. 교정 벤치를 타고 만개한 능소화의 뭉근한 빛깔. 멀리 스피커에서 울리는 쇼팽의 피아노협주곡. 나른함에 젖어 있던 보하의 목덜미. 가볍게 날아가던 웃음소리. 하교한 뒤 나눠 먹던 간식에서 풍기던 단팥 향기. 그 모든 것을 나는 다시 원하고 있었어요.

내가 과외해줄게.

오, 대박.

팔짱을 푼 보하가 내 목을 껴안았습니다. 어떤

종류의 느낌이, 이를테면 감동 같은 것이 밀려들었어요. 나는 더 이상 나만의 시간이 필요하지 않았습니다. 실은 지나치게 외로웠거든요.

외로움은 유품 정리를 다 마치고 나서 불현듯 찾아왔습니다. 물건을 버릴 때만 해도 잘 몰랐어요. 물건이 없어지면 할머니가 없다는 사실을 받아들일 수 있을 줄로만 알았지요. 그런데 할머니가 살던 방을 모조리 비워내자 공허함이 엄습했어요. 시간이 통째로 사라진 듯한 느낌이 들었죠. 할머니와의 시간이 어느 순간 갑자기 뭉떵 잘려 나간 기분. 길을 걸을 때도, 밥을 먹을 때도, 잠을 청하려 자리에 누워서도 나는 할머니의 부재와 함께했습니다. 그건 이제 내가 이 세상에 연고자 하나 없는 사람이라는 것을 끊임없이 되새기게 만드는 공포였어요. 상실로 인한 외로움은 질식할 것 같은 두려움으로 나를 망가뜨렸습니다. 아주 빠른 속도로요. 곧잘 호흡이 가빠지고, 뜬잠을 자기 일쑤였죠. 더는 대학 생활을 즐길 수 없었어요. 하지만…….

잘 부탁드립니다, 구니 쌤.

보하에게 과외를 해주면서부터 만사가 달라졌습니다. 보하는 먼 길을 마다하지 않고 일주일에 두세 번씩 나를 찾아왔습니다. 나는 보하의 열정에 감탄했지만 실은 내 열정도 그에 못지않았어요. 어떻게든 보하를 잘 가르쳐서 같은 대학에 합격하도록 만들어야 했으니까요. 그래야 내가 좀 살 수 있을 것 같았어요. 보하는 내게 남은 유일한 사람이었습니다. 혼자라는 고독감에서 벗어날 수 있는 방법은 보하를 내 곁에 두는 것뿐이었죠.

첫날이라고 살살 하지 않을 테니, 각오하도록.

외로움에 허우적대던 사람에게 애정을 쏟을 상대와 헌신할 목표가 생긴다는 건 굉장한 일이었습니다. 어떤 약으로도 그런 효과를 낼 순 없었을 거예요. 넘치는 에너지와 의욕. 아마 보하도 느꼈겠지요.

그거 바라고 온 거야. 대충 한다 싶으면, 나 안 온다?

보하가 입바람으로 앞머리를 날리며 웃었어

요. 농담이라는 걸 알았지만 농담으로 받아들일 수가 없었습니다. 그만큼 절실했거든요. 보하에게 내 감정을 설명하진 못했습니다. 제대로 설명할 자신이 없었어요. 대신 이렇게 말했습니다.

안 오면 너만 손해지.

치.

보하가 입술을 삐죽이며 책을 펼쳤어요. 나는 보하의 손을 잡고 보하를 책 속으로 이끌었습니다. 보하는 내 손에 몸을 맡겼어요. 영원히 손을 놓지 않을 것처럼, 언제까지나 나만 믿고 따라올 것처럼요. 그건 참 황홀한 경험이었어요.

간절한 마음으로 성경을 읽듯 함께 책을 읽는 나날이 계속되자 나는 어느새 그 시간에 익숙해져버렸습니다. 그런데 그 시간에 익숙해질수록 내 안의 무언가는 점점 더 약해졌어요. 나는 '있음'과 '없음'에 무덤덤한 사람이지만 '있다가 없음'에는 예민한 사람이었습니다. 내가 그런 사람이라는 것을 할머니를 보내고 나서 처음 알게 되었죠. 보하는 내게 '있음'과 '없음' 사이에 있는 존재였어요. 지금은 내 곁에 자석처럼 달라붙어 있지만 언제고 예고 없이 획 떨어져 나갈 수 있는 존재. 그건 내가 어떻게 할 수 없는, 보하만의 성질이었지요. 그 성질은 나를 속절없이 유약하게 만들었고요.

처음에…… 내가 왜 널 좋아했는지 알아?

문제지 채점을 하는 나를 말끄러미 바라보던 보하가 뜬금없이 물었어요.

글쎄. 내가 네 구두를 닦아줘서?

채점에 집중하느라 보하를 쳐다보지 않고 대꾸했기 때문에 "풋" 하는 웃음소리만 들려왔습니다. 짧은 웃음 뒤로 보하가 이어 말했어요.

그것도 틀린 말은 아니지. 그 구두 참 예뻤는데. 내가 무지 아꼈잖아. 빨간 에나멜도 반짝반짝. 큐빅 장식도 반짝반짝.

맞아. 예뻤지.

근데 꼭 그것만은 아니야.

그럼?

나는 그제야 고갤 들어 보하를 맞보았습니다.

구니 넌 잘 모르겠지만, 너에게서 느껴지는 특

유의 분위기가 있어. 나한텐 없는 거.

어떤……?

초연함.

초연함?

보하가 싱긋 웃으며 고개를 끄덕였습니다.

아홉 살밖에 안 된 꼬맹이……. 나랑 동갑인데도 다른 게 느껴지더라. 그래서 호기심이 생겼지. 남몰래 널 관찰하기도 했고. 아직도 모르겠긴 해. 네가 어떻게 매사 초연해 보이는지는. 닮고 싶어 흉내 낸다고 닮아지는 게 아니더라고.

보하가 날 닮고 싶어 했다니. 어리둥절해지는 말이었습니다. 어쩌면 보하는 가난을 부끄러워하지 않는 내 모습이 신기했던 건지도 모르죠. 나는 멋대로, 그 앞에 이런 말이 생략되어 있다고 생각했습니다. "넌 다 쓰러져가는 움막에 살면서도 씩씩하더라!" 어떻게 면전에 대고 이런 말을 할 수 있었겠어요.

지금도 내가 그래 보여?

한결같아. 사람이 참 한결같아.

보하가 테이블에 팔꿈치를 얹고 턱을 괴었습

니다. 반짝이는 보하의 눈동자를 응시하며, 나는 수없이 요동치고 범람하는 내 감정의 파고를 보하에게 내보일 날이 어쩌면 오지 않을 수도 있겠다고 예감했어요. 그래도 괜찮았어요. 보하 때문에 갈수록 속절없이 약해진다 하더라도 외롭지 않으니까 괜찮았어요.

과외 날이면 나와 보하는 하루 종일 함께 있었습니다. 보하는 늘 새벽 첫차를 타고 왔어요. 나는 줄곧 '보하가 아침잠이 없어졌나 보다'라고만 여겼습니다. 어렸을 때는 소문난 늦잠꾸러기였거든요. 아침마다 헐레벌떡 부기가 가시지 않은 얼굴로 교실에 뛰어 들어오곤 했지요. 그건 그나마 다행이었어요. 지각했다고 정문에서 붙잡혀 벌점을 받을 때도 종종 있었으니까요. 그럴 때마다 나는 교실 창문으로 보하를 지켜보며 안타까워했죠.

저기 한번 가볼래?

학교 앞 토스트 가게에서 아침을 먹는 건 우리의 일과 중 하나였어요. 그날도 마찬가지였습니다. 여느 때와 달랐던 건 식사를 마치고 가게를 나서던 보하가 한 제안이었어요.

타로 점?

보하가 가리킨 곳은 늘상 지나치던 작은 타로 카페였습니다. 보라색 커튼으로 장식한 전면 창에는 학생 할인이라고 커다랗게 써 붙어 있었어요. 혼자라면 발을 들여놓을 일이 없을 법한 곳이었죠.

궁금하지 않아?

보하는 이미 타로 카페에 들어가기로 결심한 듯이 보였습니다. 나는 타로 점에 대해 궁금한 게 하나도 없었어요. 궁금한 게 있다면 보하가 왜 타로 점을 보고 싶어 하는지뿐이었습니다.

재미로 보자, 재미로.

보하가 내 손을 잡고 카페 안으로 이끌었어요. 카페 내부에 들어서자 처음 맡아보는 이국적인 향냄새가 났습니다. 내부는 한눈에 들어올 정도로 아담했어요. 테이블이 하나밖에 없는데 카페라 불러도 되나 싶었죠. 2인용 남색 벨벳 소파가 벽을 등진 채 놓여 있긴 했지만 거기 앉는 사람이 좀처럼 없었을 것 같은 옹색한 대기석이었습니다.

어서 오세요.

카페 주인이 우리를 반겨주었어요. 검정 단발머리에 까맣고 동그란 안경을 쓴 중년 여인. 조금만 미소를 지어도 양 볼 깊이 패는 보조개와 온몸을 감싼 하늘하늘한 원피스 때문이었을까요. 풍채가 좋은데도 꽤 귀여운 분위기를 풍겼죠. 보하가 테이블에 놓인 타로 마스터 소개 글을 힐끔 보고는 물었어요.

마스터님, 학생은 할인되는 거 맞죠?

그럼요. 학생이 무슨 돈이 있다고.

할인된 복채가 얼마인지 들은 보하는 좀 더 깎아줄 수 없냐고 졸랐습니다. 흥정하는 보하를 처음 보아서 그런지 조금 민망했어요. 그런데 마스터는 안경테를 추어올리며 뜻밖의 제안을 했습니다.

그럼 이렇게 할까요? 카드 한 장을 뽑아봐요. 어떤 카드가 나오는지 보고 결정하죠.

마스터가 능숙한 손놀림으로 테이블 위에 카드를 펼쳤어요. 곧 차르륵 반원의 호를 그리며 카드가 정렬되었습니다. 카드 뒷장의 문양도 아름다웠고 마스터의 손톱에 정교하게 붙어 있는 색색의 컬러 스톤도 눈부셨어요. 보하는 흥미로워 죽겠다는 듯이 눈을 깜빡이며 나를 쳐다보았어요. 아무래도 마스터가 보하의 마음에 쏙 든 것 같더군요.

구니, 네가 뽑아봐.

내가? 왜? 점 보고 싶어 한 건 넌데.

그냥, 네가 뽑아봐. 나보다는 구니 네가 더 운이 좋을 것 같아서.

나는 잠시 멀뚱멀뚱 보하를 바라봤습니다. 내가 운이 좋다는 생각을 해본 적이 없었거든요. 보하가 왜 그렇게 생각하는지 의아했어요. 하지만 그깟 카드 한 장을 선택하는 문제로 옥신각신하고 싶지 않아서 더 말을 얹지 않고 보하가 시키는 대로 했습니다.

호오.

마스터가 나를 보며 말했어요.

친구가 괜히 그런 말을 한 게 아니네. 구니 씨, 좋은 카드를 뽑았는데요?

방금 보하에게서 들은 내 이름을, 마스터는 원래 알고 있었던 것처럼 자연스럽게 불렀어요.

그래요? 이게 무슨 카드인데요?

보하가 카드를 유심히 살펴보며 물었습니다.

여기 손 위에 놓인 게 펜타클이라는 거예요.

마스터의 검지가 카드 속 그림을 가리켰어요. 파란 하늘을 배경으로 허공에 흰 손이 떠 있고, 흰 손 위 황금색 동그라미 안에 오각성이 놓여 있었습니다.

와. 이거 딱 금화 느낌인데요? 엄청 좋은 거 맞죠?

마스터는 고개를 끄덕이지도 젓지도 않고 그저 이렇게만 답했어요.

타로는 정해진 답을 들려주지 않아요. 다만 지금 상황에 한해서는 아주 좋은 거라고 해두죠. 이 카드가 내 마음을 움직였으니까요. 그러니 오늘은 두 분 다 공짜로 봐드릴게요. 여기 학생은……

보하예요.

보하 씨는 다 구니 씨 덕인 줄 알아요.

묘한 미소를 짓는 마스터의 양 볼에 움푹 볼

우물이 패었습니다.

그것 봐. 내가 뭐랬어. 네가 운이 좋다니까.

보하가 신이 난 듯이 한 팔로 내 목을 감싸안았어요. 나는 여전히 내 운에 의심을 품고 있었고요. 그럼에도 카드 속 그림은 타로에 무지한 내 눈에도 확실히 행운을 암시하는 것처럼 보였어요. 그 누가 금화를 싫어하겠어요.

타로 점으로 어떤 걸 알 수 있어요?

이윽고 새로 펼쳐진 타로 카드를 마주한 보하가 마스터에게 물었습니다.

뭐든 알 수 있죠. 지혜를 원하는 마음만 있다면.

지혜를 원하는 마음이요?

길을 궁금해하는 사람은 방향을 찾을 지혜를 원하는 법이잖아요. 어떤 길을 가야 할지 몰라서 이곳을 찾은 거 아닌가요?

보하는 말문이 막힌 듯했어요. 재미 삼아 점을 보러 왔는데 지혜 어쩌고 하는 얘기를 들었으니 그럴 만도 했지요. 물론 바로 그 말 때문에 마스터에게 더더욱 끌린 듯이 보였지만요.

맞아요, 마스터.

보하의 목소리가 한결 차분해졌습니다.

그럼 말해봐요. 어떤 길을 알고 싶나요?

미래를 알고 싶어요. 앞으로의 길이요.

미래를 보려면 과거와 현재를 먼저 알아야 하죠. 그래서 카드 세 장이 필요해요. 과거를 보여주는 카드, 현재를 보여주는 카드, 그리고 미래를 보여주는 카드. 이렇게 세 장이요. 그런데 오늘은 맛보기 서비스니까, 딱 한 장만 뽑아서 얘기해보지요. 만약 오늘 나눈 이야기가 맘에 든다면 다음엔 손님으로 오기, 어때요?

마스터가 한쪽 눈을 찡긋해 보이며 테이블에 놓인 열 손가락을 피아노 치듯 사르르 움직였습니다. 그 순간엔 영락없이 노련한 장사꾼처럼 보였어요.

좋아요.

보하는 기꺼이 순진한 고객이 되어주기로 결심한 것 같았습니다. 단 한 장의 카드를 향해 천천히 손을 움직이는 보하를 보며 카페에 들어설 때와는 다르게 이제 보하가 꽤나 진지해졌다는 걸 느낄 수 있었어요.

음…….

마스터가 눈을 내리깔고 카드를 응시했습니다. 보하가 고른 카드에는 아주 예쁜 달이 그려져 있었어요. 처음에 나는 내가 고른 카드나 보하가 고른 카드나 별반 다르지 않다고 생각했습니다. 은은히 빛나는 달도 금화만큼이나 인기 있을 것 같았거든요. 그런데 찬찬히 살펴보다 보니 그게 전부가 아니라는 걸 알 수 있었습니다.

왜요? 안 좋은 카드예요?

안 좋은 카드라는 건 없어요. 말했잖아요. 우리는 카드를 통해서 지혜를 찾아야 해요.

보하는 실망감을 감추지 못했습니다. 눈치가 조금이라도 있다면 마스터의 표정이 아까 금화 카드를 확인할 때와 자못 다르다는 걸 모를 리 없었죠.

그러니까, 어떻게요?

눈치 빠른 보하는 카드보다 마스터의 표성을 먼저 읽었어요.

카드를 읽어야죠. 잘 봐봐요. 뭐가 보이나요?

달…… 개와 늑대…… 가재도 있고…….

카드를 읽을수록 보하의 목소리가 작아졌습니다.

잘 봤어요. 개와 늑대가 달을 보며 짖고 있죠. 가재도 강물 밖으로 나와 달을 향해 있고요. 그럼 이제 뭐가 느껴지나요? 그림을 보면서 어떤 감정이 드나요?

보하는 선뜻 답하지 못했어요. 무언가 느끼긴 한 모양이었는데 아무 말도 못 하더라고요. 마치 말이 목에 걸린 듯 얼굴이 굳어갔죠. 그러자 마스터가 질문의 상대를 바꾸었습니다.

구니 씨는 뭐가 느껴져요?

나는 망설이다 대답했어요.

잘 모르겠어요. 그냥…… 신비로워요.

내 옆얼굴을 빤히 바라보는 보하의 눈길이 느껴졌어요. 어째서인지 그 순간 바로 보하를 볼 수가 없었습니다. 그래서 보하와 마주 보는 대신 마스터에게서 눈을 떼지 않았습니다. 마스터는 작게 고개를 끄덕이며 내 시선을 받아주었어요.

원래 인생은 신비한 거예요. 한 치 앞도 알 수 없으니까 말이에요. 다 안다면 구태여 왜 타로 카드를 찾겠어요. 모르니 찾는 거죠. 몰라서 신비한 거고. 그런데 사람들은 좀처럼 신비한 것을 신비한 채로 받아들이지 못해요. 끊임없이 설명을 원하고, 조언을 구하지요. 모르는 게 불안하니까요. 하지만 죽을 때까지 미지의 길을 찾아야 하는 건 우리의 숙명이에요. 내 생각에 구니 씨는 이런 숙명을 받아들일 자세가 되어 있는 것 같네요.

칭찬인지 격려인지 위로인지 모를 말이었습니다. 나는 그제야 살짝 보하의 표정을 살폈어요. 슬슬 준비가 되었느냐고 묻는 듯 마스터가 보하에게로 시선을 돌렸거든요. 보하는 좀 전처럼 굳은 얼굴은 아니었지만 좀 전보다 훨씬 복잡한 표정을 짓고 있었습니다.

보하 씨에겐 생각할 시간을 줄까요? 그사이 구니 씨도 카드 한 장 골라봐요.

마스터가 다시 카드를 섞은 뒤 테이블 위에 펼쳐놓았습니다. 나는 오른쪽 맨 끝에 있는 카드를 골랐어요. 그때 내가 고른 카드의 뒷면을 뚫어져라 보던 보하가 불쑥 말을 뱉었습니다.

저, 카드 다시 뽑을래요.

나는 보하가 왜 이렇게 이상하게 구는지 이해할 수 없었어요. 재미로 보는 거라고 했던 사람이 누군데. 왜 카드 한 장에 집착하는지 도통 모르겠더라고요.

돈 낼게요.

보하는 고집스러웠어요. 마스터는 한 손을 들어 올려 자기 얼굴을 쓸었습니다. 곤란하다는 표현이었지요.

원하는 카드가 나올 때까지 반복하는 건 의미가 없어요.

당연한 말이었습니다. 그게 무슨 의미가 있겠어요.

오늘은 그만 돌아가서 본인이 왜 이 카드를 원하지 않는지에 대해 생각해봐요. 충분히 생각해보고, 다시 찾아와요. 알겠죠?

장사꾼의 수완인지 타로 마스터의 노하우인지 모를 제안에 고개를 끄덕인 사람은 나 혼자였습니다. 나는 입을 꾹 다물고 있는 보하를 달래서 겨우 타로 카페를 빠져나왔어요. 내가 고른 카드를 뒤집어서 볼 겨를도 없이요.

　마스터는 무슨. 따져보면 아무것도 설명해준 게 없어. 죄 우리한테 생각해보라고 떠넘기고.
　보하는 다시는 그 타로 카페를 찾지 않을 사람처럼 불통댔지만 정확히 일주일 뒤에 "아무래도 공짜라고 무시한 것 같다"라며 야무지게 복채를 챙겨 마스터를 찾아갔습니다. 보하의 성화에 못 이긴 나도 따라갔고요. 나는 보하가 어떤 카드가 나오길 바라는 건지 궁금했어요. 그 후로 서너 번 더 방문했음에도 보하의 마음에 쏙 드는 카드는 나오지 않았거든요. 돌이켜보면 보하 역시 자기가 무슨 카드를 원하는지 몰랐던 것 같기도 합니다. 그래도 마스터가 최대한 좋은 방향으로 이야기해주면 안심하는 듯했지요. 그게 얼마 가지 않아서 문제였지만요.
　시험 때문에 걱정돼서 그래?
　나는 보하 입장에서 헤아려보려 노력했어요. 보하는 잃어버린 시간을 되찾고 싶어 했고, 고등학교 졸업장을 따고 대학에 가는 것으로 구멍 난 시간을 메꾸려 했죠. 하지만 성실히 진도를 잘 따라오고 있다고 해도 뒤늦게 하는 공부가 쉬울 리가요. 그 탓인지 수능 날이 다가오면서 부쩍 더 긴장한 듯 보였고요.

넌 긴장 안 했었어? 수능 앞두고?

내가 어깨를 으쓱하자 보하가 헛웃음을 흘렸습니다.

그것 봐. 말해도 모를 거야, 구니 너는.

말해봐. 알 수도 있잖아.

넌 몰라.

왜 그렇게 단정 지어?

우린 다르니까. 너무너무 다르니까.

보하는 우리가 다른 것이 너무너무 중요한 문제라는 듯이 힘주어 말했어요. 그래서 나도 부러 더 힘을 주어 물었습니다.

넌 너랑 똑같은 사람을 원하는 거야? 내가 너랑 똑같았으면 좋겠어?

아니.

보하가 물끄러미 나를 응시했어요.

구니 네가 나랑 달라서 좋아. 전혀 같지 않아서.

근데 왜…….

내 말을 끊은 보하가 오뚝 선 채로 말을 쏟아냈습니다.

그치만 너한테 나를 설명하는 건 다른 문제야. 내가 되어보지 않는 한 넌 나를 이해 못 해. 하루에도 몇 번씩 죽고 싶다가도 또 몇 번씩 살고 싶어지는 걸 어떻게 이해해? 이유 없이 수시로, 미칠 듯이 불안해지는 걸 이해할 수 있다고? 나도 내가 이해 안 되는데 네가 나를 어떻게 이해해. 구니 너 같은 애가. 한 번도 평정심을 잃어본 적 없는 너 같은 애가.

보하의 표정은 싸늘했어요. 나는 처음으로 보하가 무척 아슬아슬해 보인다고 생각했습니다.

보하야, 나는…….

말하고 싶었습니다. "나는 네가 생각하는 그런 사람이 아니야. 항상 초연하고 평정심을 유지하고…… 그렇지 않아." 따지고도 싶었어요. "어차피 너도 날 이해 못 하잖아! 너도 내가 되어보지 않는 한 이해하는 데 한계가 있잖아!" 호소하고도 싶었죠. "우리는 서로가 될 수 없어. 나도 네가 되어볼 수 없고 너도 내가 되어볼 수 없어." 그러니 "더는 우리 둘이 다른 것을 문제 삼지 말자. 이제 그만"이라고요. 내가 말하기 전에 보하가 먼저 소리 내 말했습니다.

그만하자.

나는 뒤돌아서는 보하를 붙잡지 못했습니다. 보하가 그만하자는 것은 내가 그만하자는 것과 다른 무엇이었을 테지만……, 그 순간엔 정말 그만하고 싶었거든요. 그날 우리는 각자의 어둠을 더듬으며 헤어졌어요. 나는 기숙사 방으로 돌아와 홀로 내 어둠을 뒤살폈습니다. 그러고 안도의 한숨을 내쉬었어요. 보하에게 감정의 파고를 내보이지 않아 얼마나 다행인가 하면서요. 이대로 내 어둠을 잘 숨겨둔다면 보하가 계속 내 곁에 있어줄 거라 생각했죠.

다툼의 후유증은 오래가지 않았습니다. 우리는 이내 다시 어울렸어요. 아무 일도 없었던 듯이 구는 건 우리가 잘하는 것 중 하나였으니까 늘 하던 대로 했어요. 상대의 바닥을 보지 않아

다행이라고 여기며 자신의 어둠을 맨 밑바닥에 감춰두었지요.

그러다 정신을 차려보니 어느덧 첫서리가 내리는 계절이 되었더군요. 어둠이 더디게 물러나는 11월. 보하가 그즈음 타고 온 버스 차창엔 절기에 맞는 냉기가 서려 있었겠죠. 아직도 눈을 감으면 생생히 떠올라요. 파란 새벽 공기를 뚫고 코끝이 빨개진 채로 뛰어오던 보하의 모습이요.

구니야. 나 수능 끝나면 같이 일루미네이션 보러 가자.

보하가 토스트를 먹다 말고 말했습니다. 마침 가게 벽에 달린 작은 TV에서 모 백화점 일루미네이션에 대한 소개가 나오고 있었어요. 수백만 개의 LED 칩을 사용한 미디어 파사드를 준비하고 있다는 내용이었죠.

너랑 나란히 서서 점등식 구경을 하고 싶어.

수능이 코앞이었으니 나는 보하가 무슨 말을 하든 다 들어주고 싶었어요. 게다가 일루미네이션을 보러 가자는 말이 뜬금없지도 않았고요. 보하의 말을 듣자마자 예전 보하네 집이 떠올랐거든요. 크리스마스 느낌이 가득했던 그 집 말이에요. 폭죽 터지듯 샴페인 터지는 소리와 함께 모든 일이 잘 풀리고 있다고, 앞으로도 만사 잘 풀릴 거라고 주문을 외는 듯한 분위기를 풍기던 그 집.

그래, 그러자.

정말? 같이 가는 거지?

응. 그럼.

보하가 방그레 웃으며 기뻐했어요. 이상하게도 그 웃음이 마냥 천진하게 느껴지지 않았습니다. 희미한 달빛이 아롱지듯 보하의 얼굴에 쓸쓸한 빛 방울이 내려앉은 것만 같았어요. 하지만 무지렁이 같던 나는 보하의 웃음에서 그 이상의 암시를 읽어내지 못했습니다.

저기 가서 소원 빌면 다 이루어질 것만 같아.

누가 백화점 점등식에서 소원을 비냐.

왜. 저기 봐. 올해 일루미네이션 테마가 위시 wish라고 하잖아. 나처럼 소원 빌러 가는 사람 많을걸?

소개에 귀를 기울여보니 보하의 말처럼 정해

진 테마가 있었습니다. 그렇다고 소원을 빌러 백화점 앞을 찾는 사람이 많을 것 같지는 않았지만요. 그치만 뭐 어떤가요. 보하가 빌고 싶다면 비는 거지. 수능이 막 끝난 수험생의 소원이 하나밖에 더 있겠어요. 교회든 백화점이든 귀를 열고 들어줘야지요.

이제 매해 일루미네이션 보러 가야겠다. 저건 공짜잖아.

보하는 여전히 TV에서 시선을 떼지 못했어요. 나는 보하가 작은 소리로 "그깟 타로 점 따위"라고 덧붙이는 걸 들었죠. 그러고 보니 우리가 다툰 이후 보하는 타로 카페를 찾은 적이 없었어요. 일루미네이션은 보하가 찾아낸 또 다른 카드였습니다.

그해에도 수능 날은 유독 추웠어요. 매년 그날만큼은 기르지 않고 매서운 추위가 찾아오잖아요. 나는 발을 동동 구르며 보하가 시험을 치르는 학교 교문 앞에서 보하를 기다렸습니다. 아직 한참 이른 시간인데도 시험장 앞은 벌써부터 북

적거렸어요. 사람들이 내뿜는 입김이 안개처럼 자욱했죠. 간식과 선물을 준비하느라 분주한 이들 사이에서 나는 보하가 오면 어떤 말로 응원을 해주어야 하나 궁리하며 따뜻하게 덥힌 꿀 차 캔이 식지 않도록 외투 속에 품고 있었습니다.

날이 완연히 밝자 긴장한 얼굴의 수험생들이 하나둘씩 도착했어요. 사람들이 아무리 환호해주어도 환호를 마음껏 누리는 수험생은 없더라고요. 그 모습들을 지켜보고 있자니 보하가 걱정되었어요. 보하가 긴장한 나머지 시험을 망칠까봐 되려 내가 긴장했죠. 내 시험을 볼 때보다 더 긴장되더라니까요. 우습지 않나요. 뭐 그렇게까지 마음을 썼을까요. 그렇게까지 내 일처럼, 아니 내 일보다 중하게 여길 필요는 없었는데. 마음이 닳을 때까지 마음을 다하는 것 말고는 할 줄 아는 게 없었던 나는 보하가 내 '하나님'이라도 된 양 굴고 있었습니다. 한 치 앞도 모르고서요. 그걸 누가 알았겠어요. 타로 카드를 아무리 골라도 몰랐을 거예요. 마스터조차 미리 일러주지 못했을 겁니다.

보하가 시험장에 나타나지 않으리라는 걸요.

2부

'없음'

한동안 내가 얼마나 미칠 것 같았는지 구구절절 설명할 필요가 있을까요? 보하는 내 세상에서 사라지기로 작정한 사람처럼 일체 연락을 끊고, 모든 연락을 마다했지요. 어떤 이유도, 어떤 인사도 없이요. 나는 보하를 붙들어두는 데 실패한 거였어요. 걱정은 답답증이 되고 답답증은 분노가 되고 분노는 슬픔이 되고 슬픔은 내 넋을 빼놓았어요. 나는 걸어 다니는 시체나 다름없었습니다. 그런 주제에 가슴을 찌르는 듯한 통증은 무시로 몰려왔습니다. 오롯이 홀로 견뎌내야 하는 통증이었죠. 다시 혼자가 된 거였으니까요.

다행인지 불행인지 할머니가 세상을 떠났을 때처럼 무섭진 않았습니다. 그래도 보하는 살아는 있으니까요. 그저 이러다가 정말 미쳐버리는 게 아닌가 싶었을 뿐이에요. 그걸 눈치챈 사람은 없었겠지만요. 딱 한 사람을 제외하고요.

오랜만이네요.

마스터가 내 얼굴을 살피며 반겨주었습니다. 혼자서 타로 카페에 간 건 그날이 처음이었어요. 보하를 잃고 한 계절을 보낸 후였죠. 캠퍼스엔 봄기운이 아물거렸지만 당연하게도 내 시간은 여전히 혹한의 겨울에 머물러 있었습니다.

그러잖아도 궁금했었는데. 가끔 구니 씨 생각했어요.

마스터는 왜 혼자 왔냐고 묻지 않았습니다. 조금, 아주 조금은 물어봐주길 바랐는데 말이에요. 사실 카페 문을 열고 들어서던 순간에는 내가 왜 이곳을 찾아왔는지 알지 못했어요. 마스터의 목소리를 듣자마자 내가 보하에 대해 이야기하고 싶어 한다는 걸 깨달았죠. 하지만 자못 초췌한 몰골로 입을 꾹 닫고 있었으니 그런 나를 보고 대화를 원하는 사람이라 여기기는 힘들었을 겁니다.

맨 처음 여기 왔을 때 기억해요?

마스터는 내게 무언가를 묻기보다 들려줄 말이 있는 것 같았습니다.

나는 기억해요.

마스터의 양 볼에 팬 보조개를 보니 잠시, 예전 보하와 함께 카페를 찾았을 때로 되돌아간 기분이 들었어요. 마치 나를 기다리고 있었던 듯한 마스터의 태도도 그런 느낌을 주는 데 한몫했고요.

내 버릇 중 하나가 날마다 오전에 타로 점을 보는 거예요. 매일 나만을 위한 시간을 갖는 거죠. 그런데 그날은 유난히 이상했어요. 컨디션이 나쁜 것 같지도 않은데 영 뭔가 안 풀리더라고요. 어떤 카드를 골라도 제대로 된 질문을 던질 수 없고 제대로 된 해석을 내놓을 수 없었거든요. 그런 날은 남의 카드를 읽어줄 때도 버벅거릴 수 있는지라 살짝 예민해진 상태로 마지막 카드를 골랐지요. 그때 나온 카드가 펜타클 A였어요. 구니 씨가 처음에 골랐던 카드 기억하죠? 금화 그려진 카드요.

 나는 어떤 반응도 하지 않았지만 마스터는 개의치 않고 말을 이어갔습니다.

 그건 분명히 좋은 방향으로 해석할 여지가 많은 카드예요. 근데 말했잖아요. 그날은 이상했다고. 도통 어떻게 읽어야 할지 모르겠더라고요. 구체적인 해석을 내릴 수 없었죠. 카페에 나와 앉아 있으면서도 내내 찜찜한 기분이었어요. 그랬는데…….

 마스터가 안경을 가다듬으며 전보다 조금 더 두툼해진 듯한 손가락을 살살 움직였어요. 그러자 손톱 위 오색 스톤에 부딪힌 천장조명 빛이 이리저리 반사되어 춤을 췄어요. 나는 홀린 듯 마스터의 말에 귀 기울였습니다.

 그날 오후에, 귀여운 손님 둘이 찾아왔던 거죠. 귀여운 데 더해 깜찍하게 복채를 흥정하기도 하고요. 속으로 웃음이 났어요. 마침 손님도 없으니 시간이나 때워볼까 하는 생각이 들더라고요. 내가 늘 그러는 편은 아닌데, 손님들이랑 그냥 노닥거리고 싶어졌달까. 카드를 골라보라고 한 건 그런 이유였어요. 그 와중에 구니 씨가 단번에 펜타클 A 카드를 고른 거예요. 바로 그때 흥미가 생겼어요. 왜인지 알아요?

내가 고개를 젓는 걸 본 마스터가 만족스러운 듯이 고개를 까닥였어요.

펜타클 A 카드는 인연에 있어서도 다양한 해석이 가능하거든요. 내가 고른 펜타클 A 카드가 구니 씨가 고른 펜타클 A 카드 덕분에 완성된 거죠. 우리는 서로 도움이 되는 인연이라는 걸 느꼈다고 해야 하나. 뭐, 거창한 도움은 아니더라도 말이에요.

서로 도움이 되는 인연이라니. 그럼 제가 마스터에게…… 도움이 되었다는 건가요?

드디어 목소리를 낸 나를 향해 마스터가 장난기 어린 표정으로 눈동자를 빛내며 대답했어요.

되었고말고요. 구니 씨가 펜타클 A 카드를 고른 덕분에 그날 나도 제대로 타로를 홍보할 수 있었고, 어떤 식으로든 홍보가 잘되어서 두 사람이 계속 복채를 들고 찾아왔잖아요?

틀린 말은 아니었으나 그걸 과연 도움이라고 부를 수 있을지 갸우뚱했습니다. 하지만 마스터는 자신이 정말 그렇게 믿고 있다고 내게 확신을 주고 싶은 듯이 보였어요.

그러니 나도 구니 씨에게 작은 도움을 줄게요.

내가 준 도움이 너무도 보잘것없었기에 마스터의 보답 또한 작디작지 않으면 민망할 것 같았지만 당시의 나는 어떤 도움이라도 마다 않고 챙기고 싶었어요. 마스터는 그런 내 상태를 꿰뚫어본 듯 내 눈을 빤히 쳐다보며 물었습니다.

혹시 궁금한 적 없었어요? 구니 씨가 뒤집어보지 않은 카드가 무슨 카드였는지?

잠시 머뭇거릴 수밖에 없었어요. 뒤집어보지 않은 카드에 대해 까맣게 잊고 있었기에 마스터가 무슨 말을 하는 건지 헤아릴 시간이 필요했죠. 마스터는 그럴 줄 알았다는 듯 옅은 미소를 지으며 카드 한 장을 내밀었습니다.

이 카드였어요.

달 카드······.

맞아요, 달 카드.

이 카드를 보자마자 그날 일이 생생히 되살아나더군요. 어떻게 이런 우연이 있을까요. 그날 마스터와 내가 똑같은 카드를 고른 건 웃고 넘어가겠는데, 보하와 내가 똑같은 카드를 고른 건 그러지 못하겠더라고요. 어떤 식으로든 보하와 나 사이에 의미를 만들고 싶어서였을까요. 마스터 말대로라면 타로는 해석하기 나름이잖아요. 그게 지혜로운 건지는 모르겠지만요.

놀랍지요? 그런데 다른 점이 있다면 구니 씨는 역방향으로 뽑았다는 거죠. 역방향 달 카드는 매우 흥미로워요. 감정에 있어서 본인 의지가 아주 중요한 상황이라는 걸 알려주거든요. 그치만 내가 다 알려주진 않을 거예요. 마음먹기에 따라 안개를 거둘 수도 있고 안개로 덮일 수도 있다는 정도만 말해줄게요. 말을 아낀다고 원망하진 말아요. 오늘도 역시 복채를 받지 않고서 하는 말이니까.

마스터가 한쪽 눈을 찡긋해 보이고는 재빨리 이어 말했습니다.

농담이고, 구니 씨는 스스로 카드를 읽을 수 있

을 것 같아서 한 말이에요. 나는 오늘 타로 마스터로서가 아니라 친구로서 구니 씨와 대화하고 싶어요. 보하 씨는 정방향으로, 구니 씨는 역방향으로 똑같은 카드를 뽑았죠. 이것만으로도 우리는 많은 얘기를 나눌 수 있을 거예요.

마스터의 웃음기 가신 표정을 보며 나는 마스터가 진심으로 나에게 대화를 청하고 있다는 것을 알 수 있었습니다. 그건 마스터가 받았다고 주장하는 하찮기 그지없는 도움에 비해 지극히 귀하고 사려 깊은 도움이었어요. 나는 내가 그 도움을 받을 자격이 없다고 생각하는 동시에 그 도움을 받지 않고는 도저히 버틸 수 없다고 느꼈습니다.

이제 두 사람 얘기를 해볼래요? 들려줄 수 있겠어요?

마스터가 다정하게 물었습니다.

말해도 될까요.

그럼요.

마스터가 내 손등을 토닥여주었습니다. 그 순간 염치없게도 눈물이 났어요. 주체할 수 없이 눈물이 솟구쳤습니다.

괜찮아. 괜찮아요. 실컷 울어요.

마스터의 부드러운 목소리가 나를 감싸안았습니다. 나는 울음을 멈추지 못했어요. 흐느낌은 곧 통곡이 되었죠. 온몸에서 진동이 느껴졌어요. 내 것이 아닌 심장이 내 안에서 요동치는 것 같았지요. 통곡은 그런 것이었어요. 몸 밖으로 터져 나오는 생것의 울음. 예전의 더럽고 냄새나는 작은 들짐승으로 돌아간 나는 서럽게 포효했습니다. 누가 보아주지 않으면 더없이 하찮을 뿐인 그런 울음을 지치지 않고 이어갔어요. 보하에 대해 말하고 싶었는데, 말해도 된다고 해주었는데, 통곡은 내게서 말하는 법을 앗아 갔습니다. 그래도 덕분에 미치지 않을 수 있었어요.

내가 말하는 법을 되찾은 건 내 안의 눈물을 모두 뽑아내 대가뭄의 논바닥처럼 착착 갈라진 마음을 확인하고 나서였습니다.

그날 이후 마스터와 나는 친구가 되었습니다. 남들 눈에는 평범하지 않은 우정으로 보였을 수도 있어요. 하지만 마스터는 내가 살면서 처음 사귀어본 평범한 친구였습니다. 우리에겐 적당한 거리와 적당한 유머가 있었습니다. 내가 독감에 걸리면 마스터가 죽을 사다 주고, 마스터가 맹장이 터지면 내가 달려 나가는 식으로 적당한 보살핌도 주고받는 관계였지요.

마스터는 나에게 자기 친구들도 소개해주었어요. 하나같이 별나고 유쾌한 사람들이었습니다. 나이도 젠더도 제각기 달랐지만 어울리는 데에 아무 문제가 되지 않았지요. 우리는 각자 간식을 싸 들고 와서 밤새 보드게임을 하거나 시시한 드라마를 정주행하며 뜨개질을 했습니다. 누군가 옷 정리를 한다고 하면 벌떼처럼 모여들어 옷장을 뒤지며 패션쇼를 했고요.

물론 변덕스럽게 굴거나 심술을 부리는 사람도 있었어요. '바이킹'이라는 별명으로 불리는, 덩치가 크고 턱수염을 기른 남자였죠. 바이킹은 감정 표현에 서툴렀습니다. 그가 드러내는 감정은 무뚝뚝함과 험상궂음 사이에서만 존재했어요. 가끔은 버럭 소리를 지르듯 말하고, 가끔은 곰 같은 손을 재빨리, 그러면서도 정확하게 놀려 휴대폰 메모장에 글을 써서 대화했습니다. "말하기 귀찮을 때가 있다고." 바이킹은 둘러댔지만, 그가 소리 내어 말하지 않은 이야기들이 예외 없이 슬픈 내용이라는 걸 모르는 사람은 없었죠. 그의 나이를 아는 이는 없어도 다들 그가 한 인간의 생에서 겪기 마련인 슬픔의 총량을 훌쩍 넘어선 경험치를 가지고 있다고 생각했어요.

그래서일까요. 이따금 활력 넘치는 서른 살처럼 굴 때도 있었으나 평상시 바이킹은 그보다 두 배는 나이 먹은 사람처럼 보였어요. 내게 괴팍하게 굴 때는 그 서너 배로 보였고요. 어찌나 괴팍하게 굴던지, 아주 형편없이 나이 들어버린 늙은이 같아 보이더라니까요. 그럼에도 나는 금방 적응했어요. 아무리 괴팍한들 아무렴 내 할머니만 할까요. 그러니 상관없었어요. 나는 바이킹을 포함한, 그들 모두를 금방 좋아하게 되었습니다. 한 명 한 명, 제각각의 특색으로 나와 다른 그들 모두를요.

음악을 틀어놓으면 큰 소리로 따라 부르거나

멋대로 춤을 추는 사람이 있었고, 술을 마시면 시집을 통째로 술술 외는 사람이 있었고, 공연을 보러 가면 커튼콜 때마다 반드시 눈물을 흘리며 손뼉 치는 사람이 있었지요. 그 사람들이 모두 내 친구가 되어주었습니다. 처음으로 기꺼이 속할 수 있는 무리가 생긴 거였죠. 내 선택으로 속하게 된 다정하고 엉성한 무리. 그들과 어울리면서 나는 할머니와 보하가 얘기했던 '우리 같은 사람'에 대한 정의를 잊어갔습니다. 나와 같지 않은 이들에 대한 경계가 희미해지는 것. 그 경험은 생각지도 않았던 해방감을 선사해주었습니다.

그러자 신기하게도 소리 내어 웃는 일이 잦아졌어요. 어떤 날은 데굴데굴 구르며 웃을 정도였습니다. 내가 눈물이 나도록 웃을 때마다 마스터는 나를 꼭 안아주었습니다. 그러면 어쩐지 마음이 편해져서 더 크게 소리 내어 웃곤 했어요. 마스터 앞에선 이제 우는 것도 웃는 것도 거리낌이 없었죠.

마스터와 나는 서로의 시간과 경험을 엮어가

며 우리의 우정을 안정적으로 유지하기 위해 공들였습니다. 그건 마치 무언가를 매일매일 윤이 나게 닦아주는 행위와도 같았어요. 그 무언가가 무엇인지는 중요하지 않았습니다. 무엇이 될지도 중요하지 않았죠. 단지 정성스럽게 닦는 일만이 중요할 따름이었어요. 그 행위는 점차 내 삶을 평온함으로 물들였습니다.

그즈음 교회와의 인연도 정리가 되었습니다. 사실 목사님의 연락을 뜨문뜨문 받기 시작한 건 보하가 사라지고 난 직후부터였어요. 할머니와 보하를 잃고, 나는 더 이상 기도를 할 수 없는 사람이 되어버렸습니다. 나를 신앙처럼 여기던 할머니를 배신하고 내가 신앙처럼 여기던 보하에게 배신당했으니 어떤 식으로든 기도 같은 걸 해내기 힘든 상태였거든요.

하지만 결정적으로 연락을 끊게 된 계기는 현림이었지요. 어느 날 현림이 뜬금없이 프러포즈를 해 왔던 겁니다. 자기와 함께 유학을 가자면서요. 유품 정리 이후에도 현림은 내게 종종 연락을 하긴 했지만 나는 그에 건성으로 답하곤 했기에, 당황스럽기 그지없는 일이었습니다. 현림의 제안을 거절하는 데에는 일말의 재고도 필요 없었습니다. 나는 여전히 그가 생각하는 사람이 아니었고, 그가 원하는 사람으로 거듭날 수도 없었어요. 무엇보다 내 자신이 그렇게 되기를 바라지 않았습니다. 현림이 정의한 특별함 속에서 남과 다른 나를 만들어놓고 경계 짓는 것. 그렇게 되기엔 너무 멀리 온 것만 같았어요.

다만 나는 현림의 프러포즈가 목사님이 내게 전화하는 걸 그만두게 할 좋은 기회라고 여겼습니다. 목사님 눈에 내가 보살펴주어야 할 가련한 어린양처럼 보일지 몰라도 현림의 배우자감으로 보이지는 않는다는 걸 잘 알고 있었으니까요. 마지막으로 목사님과 통화하던 때가 기억나네요. "방황하는 탕자에겐 언제나 돌아올 곳이 있다"라고 하셨죠. 참으로 감사하고도 죄송했어요. 목사님과 현림, 이 부자의 말은 언제나 나를, 이제는 영영 돌아가지 않을 길 위의 탕아가 되어버린 나를 거듭 황송하고 송구하게 만들었습니다. 그래도요. 아무리 그래도요. 어떻게 제가 교회로 다시 돌아갈 수 있겠어요. 오직 사람만을 마음에 담을 수 있는 불신자. 그게 바로 나인데요. 할머니를 빼닮은 나 말이에요.

그때부터 일부러 고된 일을 구해 몸을 움직이기 시작했습니다. 예전에 보하가 종종 아르바이트 경험담을 들려주곤 했었거든요. 그 기억을 되살려 차례대로 일자리를 찾아 나섰습니다. 어떤 일은 일주일도 못 버티고 그만뒀어요. 정말 죽을 것 같더라고요. 몸이 힘든 일은 적어도 정신적으로 덜 힘들 줄 알았는데 완전한 착각이었습니다. 몸이 고되면 마음도 고단해지기 쉬웠어요. 그런 일을 좋아하기란 역시 쉽지 않았고요. 나는 비로소 내가 보하에게 아주 많은 것을 묻지 않았다는 걸 깨달았습니다.

나는 물어봤어야 합니다. 싫어하는 것들에 둘러싸여 사는 고달픔에 대해서요. 그리고 보하를 안아줬어야 해요. 내 품에선 울어도 괜찮다고 말해주고 도닥여주어야 했습니다. 그렇게 우리 관계를 윤이 나게 닦아주었다면…… 하지만 그러지 않았지요. 그저 보하가 내 곁을 떠날까봐 겁내는 게 다였어요.

  일을 때려치우고 돌아설 때마다 걸음걸음엔 후회가 묻어났습니다. 발자국마다 내 어리석음이 묻어 있을까봐 차마 뒤돌아보지도 못했어요. 그런 날은 다만 조금 울었습니다. 침대에 몸을 웅크리고서요. 그러면 미움이 약간 사그라들어 다음 날 마스터에게 보하 이야기를 꺼내놓을 수 있었습니다. 시간이 지나 취업을 하고서는 그보다 많은 얘기를 털어놓을 수 있었고……. 사회인으로서 노련함을 갖추고, 알량한 목돈을 모아 세상으로부터 작은 방 한 칸을 빌려내고, 이윽고 직장에서 대리 명함을 받았던 무렵엔 글쎄 웃더라고요, 내가. 보하에 대해 이야기하면서 말이에요. 어느새 나는 자연스럽게 보하의 '없음'에 익숙해진 것이었습니다. 그래서 그냥 그렇게 다 지나갈 줄만 알았어요. 정말로요.

  일루미네이션 보러 가자.
  보하의 말 한마디는 주술 같았습니다. 어떤 목소리는 마법처럼 시간을 되돌릴 수 있더라고요.

보하의 목소리를 듣자마자 나는 단박에 과거로 돌아갔습니다. 나는 익숙하고도 그리운 장소로 돌아가 있었어요. 달콤하고 고소한 토스트 냄새를 맡았고, TV에서 백화점 점등식을 홍보하는 소리를 들었고, 눈앞에서 수수께끼 같은 미소를 짓던 보하를 보았어요. 동시에 오래전 느꼈던 감정들, 보하가 원하는 것은 뭐든 다 해주고 싶었던 감정들이 다시 고스란히 느껴졌습니다. 가슴에 부드러운 전율이 일었어요. 보하의 청을 거절할 수 없다는 걸 알리는 신호였죠.

나는 보하가 소환한 시간에 사로잡혀버렸습니다. 앞뒤 가리지 않고 무작정 뛰쳐나갈 수밖에 없었어요. 함께 저녁 시간을 보내고 있었던 마스터와 친구들이 어리둥절한 채로 "구니, 어디 가!"라고 소리쳤지만 대답할 여유조차 없었습니다. "구니!" 천둥처럼 울리는 바이킹의 목소리도 뒤로하고는 무작정 달렸어요. 보하에게 가야만 했어요. 오직 이 순간을 위해 그 지난한 날들을 견뎌온 것 같았거든요. 더는 실수를 반복할 수 없었어요.

구니야!

수능 시험장 앞에서 보하를 기다리던 날처럼 점등식 행사일에도 코끝이 찡할 정도로 추웠어요. 백화점 맞은편에 서 있던 보하가 내게 손을 흔들었습니다. 보하는 자못 달라진 행색을 하고 있었지만 인파가 넘치는 거리에서도 나는 한눈에 보하를 알아보았어요.

잘 지냈어?

보하가 나를 향해 걸어왔습니다. 무르익은 저녁 시간의 물결을 타고 무게감 없는 걸음으로 다가왔어요. 우습게도, 그 순간 어쩐지 강령술이라도 체험하는 듯하여 머리카락이 주뼛 섰습니다. 나는 보하를 마주하고 보하의 목소리를 들으면서도 실감이 잘 나지 않았습니다. 보하가 귀신이 되어 돌아온 것만 같았어요.

어땠을 거 같아?

하지만 곧 이루 말할 수 없는 감정이 울컥 치밀어 올랐습니다.

나 보고 싶었어?

너는? 너는 어땠는데?

우리는 대답 대신 서로 질문만 던졌습니다. 먼저 대답을 내놓은 사람은 보하였어요.

보고 싶었지. 구니야, 나 너 보고 싶어서 죽는 줄 알았어.

눈물이 차올랐습니다. 보고 싶다는 말. 지난 시간 그토록 듣고 싶었던 말. 이제야 보하의 입을 통해 그 말을 들으니 살 것 같았어요. 내가 보고 싶어 죽는 줄 알았다는 보하의 말을 나는 죽도록 믿고 싶어졌습니다.

그런데 왜 그랬어? 왜 연락 한 번 안 했어?

구니야…… 나는…….

보하는 쉬이 말을 잇지 못했어요. 나는 내 눈에서 눈물이 방울방울 떨어진 다음에야 보하의 눈에도 눈물이 고여 있다는 것을 알았습니다. 그 눈물을 보니 더 속상했어요. "울지 마. 네가 왜 울어?" 모진 어투로 따지고 싶었습니다. 그때, 불이 켜졌어요. 아주 환하게. 보하와 내 눈물을 숨김없이 밝혀주려는 듯이 환하게. 보하는 불빛 쪽으로 고개를 돌리며 말했습니다.

와아. 드디어 본다, 구니야. 드디어 이걸 보네.

눈물을 닦으며 웃는 보하의 얼굴 위로 찬란한 불빛이 휘영히 흔들렸어요.

혼자서라도 보지. 왜 안 봤어? 이렇게 멀쩡히 살아 있었으면서.

보하는 일루미네이션에서 눈을 떼지 못했어요. 나는 그런 보하에게서 눈을 떼지 못했고요.

구니 너랑 보고 싶었으니까. 꼭 너랑 같이 와서 소원을 빌고 싶었으니까.

수백만 개 LED의 효과는 압도적이었습니다. 불빛이 우리를 잡아먹을 듯이 달려들었어요. 우리는 이리저리 솟구치고 뻗어 나가고 쏟아지고 뱅뱅거리고 마침내 부서지는 도시의 불빛에 속수무책으로 물들어버렸습니다. 보하는 이제 모든 걸 털어놓는 것 외에는 남은 선택지가 없다는 듯이 중얼거렸습니다.

구니야, 그거 알아? 난 너랑 같은 대학 다니는 게 소원이었어. 너한테 어울리는 사람이 되고 싶었거든. 네 일상을 함께 누릴 수 있는 자격을 가지고 싶었어. 나, 정말 열심히 했다? 네 성엔 안 찼을지 몰라도 진짜 노력했어. 얼마나 간절했는지 몰라. 그래서 그런지, 밤늦게까지 공부하다 잠들어도 새벽에 번쩍 눈이 떠지더라. 첫차 타고 너 보러 가야 하니까.

보하의 하릴없는 읊조림은 내 마음을 울렸습니다. 드디어 듣게 된 보하의 진심. 간곡한 기다림 끝에 누리는 오롯한 은총과도 같았죠. 보하는 그 은총이 오직 나만을 위한 것이라 말하고 있었습니다.

그런데 내가 아무리 바라고 아무리 노력해도 안 되는 게 있더라고. 세상이란 게 원래 그렇잖아, 그치?

자기 탓을 하지 말고 세상 탓을 하라며 치기 어린 조언을 하던 보하는 어느덧 노련하게 세상을 원망하는 어른이 되어 있었습니다. 내가 고개를 끄덕이자 계속 말할 용기가 난다는 듯 보하가 지그시 입술을 깨물었어요.

시실은 아빠가 출소하고 일나 되시 않아 사꾸 집에 돈을 들고 오는 게 이상하긴 했어. 나뿐만 아니라 엄마도 그렇게 느꼈지. 뭔가 불길하더라고. 근데 그냥 무시한 거야. 좋았으니까. 아빠가 돈 벌어 오는 게 좋았으니까. 그 돈이 어떤 돈인지 알고 싶지 않았으니까.

짧은 욕설을 덧붙인 보하는 자조적인 표정을 짓고서 나를 똑바로 쳐다보았습니다.

구니야. 나 많이 바라지도 않았다? 대학 다닐 정도로만 돈이 좀 있었으면 했어. 아빠가 무슨 짓을 해서 돈을 벌었든, 나 대학 갈 때까지만 들키지 않고 잡히지 않고 버텨줬으면 했어. 딱 그 정도만 바랐어.

내가 어떻게 반응해야 좋을까 머뭇거리자 보하가 혼잣말처럼 중얼거렸어요.

난 나도 너처럼 운이 조금 따라주길 바랐을 뿐인데…….

말끝을 흐린 보하가 담배 연기를 내뱉듯 한숨을 내쉬었습니다. 그러고 곧 뜻밖의 얘기를 꺼냈어요.

너희 할머니 말이야.

나는 보하의 입에서 어떤 말이 나올지 몰라 보하의 메마른 입술을 가만히 응시했습니다. 보하는 할머니 얘기를 꺼내려고 준비하고 있었던 듯 차분하게 말을 이었습니다.

내가 너희 집에서 자던 날 밤 기억하지? 그때 네가 잠깐 화장실 간 사이에 너희 할머니가 나한테 뭐라고 했는지 알아?

고개를 젓는 나를 본 보하가 피식 웃으며 말했습니다.

우리 구니 마음 아프게 하면 내가 귀신이 되어서도 혼쭐을 내줄 테다.

뭐?

할머니…… 진짜 웃긴 사람이야.

정말 못 말리는 할머니였습니다. 아무리 보하를 탐탁스럽지 않게 여겼다 한들 그게 어디 애한테 할 소리인가요. 보하는 어깨를 으쓱하며 다시 불빛이 형형한 백화점 외벽으로 고개를 돌렸습니다. 루돌프와 순록들이 산타가 탄 썰매를 끌고 별빛이 부서지는 하늘로 날아오르자 바로 그 뒤를 이이 '위시'라는 단어가 커다랗게 반짝였어요. 기존에 사랑받았던 테마를 업그레이드하여 선보일 예정이라는, 백화점 홍보 기사를 스쳐 지나가듯 읽었던 기억이 떠올랐습니다. 나는 무뜩

주변을 휘 둘러보았어요. 백화점 앞으로 모여든 사람들이 두 손을 모으고 환호성을 지르고 있었죠. 조명 빛에 반사된 꽁꽁 언 얼굴들. 모두 제각각 비는 소원으로 빛나는 얼굴들이었습니다. 그런데 이상하게도 보하는 일루미네이션 테마에 대해 신경 쓰지 않는 것처럼 보였어요. 더는 간절히 빌고 싶은 게 없는 사람처럼 덤덤히 말을 이을 뿐이었습니다.

그때 내가 얼마나 무서웠게. 할머니가 누워 있는 내 얼굴 위로 그 쭈글쭈글한 얼굴을 들이밀면서 협박하듯 말하는데 마귀할멈 같기도 하고 진짜 무서웠다니까. 근데 나도 결코 만만한 애는 아니었잖아. 보란 듯이 더 너랑 붙어 다녔지. 난 너랑 있는 게 좋았거든. 할머니가 뭐라 하든 너랑 어울리는 게 좋았어. 그리고 무엇보다 구니 네가 날 좋아해주는 게 좋아서……. 그게 얼마나 좋았는지, 나 때문에 구니 네가 마음 아파하는 것까지도 좋았어.

내가 자기 때문에 아파하는 걸 좋아했다니. 너무한 말이었습니다. 보하 때문에 아파했던 시간들. 그 시간을 가까스로 버텨온 내겐 더할 나위 없이 잔인한 말로 다가왔어요. 나는 문득, 할머니가 일렀던 대로 보하와 친하게 지내지 말았어야 했나 하고 생각했습니다. 할 수만 있다면 그게 맞았겠죠. 할머니의 말을 듣는 편이 좋았을 거예요. 온 감각으로 나에 대한 위험을 감지해냈던 할머니가 해준, 귀하디귀한 조언이었으니까요.

너 진짜 나쁘다.

할머니는 보하가 나랑 정말 다른 사람이라고 판단했던 거였어요. 내게 위협이 될 만큼 다른 사람이라고. 그건 내가 보하를 처음 본 날, 보하와 절대로 친해질 리 없다고 믿었던 것과 비슷한 유의 감각이었겠죠. 내가 무시하고 말았던 직감 말이에요. 그 직감은 아마도 나 자신에게 보내는 내 나름의 경고였을 겁니다. 날 아프게 할 사람을 알아보는 것. 그건 진창에서 사는 생명에게 꼭 필요한 생존 본능이니까요. 하지만.

진짜, 진짜로 나빠.

다시 돌아간다고 한들 다를까요. 다르다고 한들 얼마나 다를까요. 보하의 말 한마디에 최면이라도 걸린 양 헐레벌떡 달려온 주제에 무엇을 그리 자신할 수 있겠어요.

알아. 나 나쁜 거.

보하는 여전히 내게로 고개를 돌리지 못한 채 자기변호를 하듯 말했습니다.

구니야. 난 네가 너무 부러웠어. 너희 할머니가 널 위해 만들어준 그 운이 말이야. 네가 날 위해 운을 만들어주려고 했던 거 알아. 너와 함께 있는 동안 그런 느낌을 받았거든. 드디어 나에게도 운이 생기고 있는 것 같다는 느낌. 그치만 역부족이었나봐. 내 불운이 더 강했던 거겠지.

같이 방법을 생각해볼 수도 있었잖아. 꼭 그렇게 연락을 끊어야만 했어?

모든 게 엉망이었어, 모든 게. 구니야, 난…….

보하의 입에서 새하얀 입김이 터져 나왔습니다.

……도저히 네 옆에 설 수 없었어.

클라이맥스로 향하는 미디어 파사드의 불빛 앞에서 보하는 고개를 떨구고 말았습니다. 그러고 발개진 손을 들어 올려 그 차가운 손에 얼굴을 묻었어요. 빛줄기 하나하나, 빛 방울 하나하나 모두 지나치게 눈부신 밝디밝은 그 밤에 보하는 스스로 불을 꺼버리고자 하는 사람처럼 보였습니다.

보하, 너 진짜…….

나는 왈칵 날숨을 뱉으며 보하에게 한 걸음 다가갔습니다. 흔들리는 보하의 어깨를 보고만 있을 수가 없었어요. 보하가 내보인 것들이 후회에서 비롯된 것인지 변명으로 일관한 것인지 따질 겨를이 없었습니다. 더는 망설이면 안 된다는 생각만 들었어요. 지금이 아니면 안 된다고. 지금 잡아주지 않으면 큰일 난다고. 그래서 손을 뻗었습니다.

괜찮아, 보하야.

보하를 끌어안자, 보하의 젖은 머리카락이 내 뺨에 닿았어요. 더는 귤 향기를 풍기지 않는 머리카락이었죠. 보하를 안아주기까지 너무 오랜 시간이 걸렸다는 생각에 마음이 시려왔습니다. 나는 아랫배에 힘을 주고 다시 한번 말했습니다.

이제 다 상관없어. 다 괜찮아.

보하는 한참을 내 품에 안겨 있었습니다. 나는

보하가 마음속 눈물 밭이 메마를 때까지 울고 나면 한결 가붓하게 내 곁에 있어주지 않을까 기대했습니다. 마스터가 내게 그랬듯이요. 하지만 그건 내 착각이었죠. 보하의 울음은 밖으로 뱉어지지 않은 채 속절없이 삼켜질 뿐이었습니다.

구니야.

보하가 내 어깨에 묻었던 얼굴을 들고 나를 부드럽게 밀어냈습니다.

나는 가끔 우리가 샴페인을 마시고 옷장 속에 숨어 있던 날을 생각해. 어쩌면 그 순간이 내 인생에서 가장 행복했던 때가 아닌가 싶어.

아무도 우리를 찾아주지 않아서 스스로 옷장 밖으로 걸어 나와야 했던 그날. 보하는 그날이 가장 행복한 날이었다고 말하고 있었습니다. 나는 그 말에 담긴 슬픔을 도저히 가늠할 수가 없었어요. 우리는 고작 열 살이었습니다. 열 살의 어느 날이 인생에서 가장 행복한 날이 되면 안 되는 거잖아요.

또 만들면 되지.

내 말에 고개를 젓는 보하의 얼굴이 어두워졌

어요. 쇼의 막바지에 이르자, 그토록 찬란했던 일루미네이션의 빛이 점점 광도를 낮추며 사그라들었습니다. 나는 아직 보하에게 남아 있는 희미한 빛이라도 잡아보려 다급히 보하의 몸을 끌어당겼습니다.

그깟 기억이 뭐 그리 대단하다고. 그보다 훨씬 행복한 순간을 만들면 되잖아.

구니야.

울 듯도 하고 웃을 듯도 한 표정. 그 표정 뒤로 우는 듯도 하고 웃는 듯도 한 목소리가 따라왔습니다.

그럴 수 없을 거야.

보하는 나를 한 번 더 밀어내고 더는 소원을 빌 힘이 없는 빈자貧者처럼 덧붙였습니다.

나…… 완전히 망했어, 구니야.

그날 보히와 헤이지며 예감했습니다. 보하가 내게 다시 연락하지 않으리라는 걸요. 내가 보하를 없는 존재로 여겼을 때에도, 돌아온 보하를 다시 있는 존재로 여기는 순간에도 보하는 그냥 보하였어요. 나를 한없이 약해지게 만드는 보하요. "역시 안 될 것 같아, 나는." 더 말을 할 듯하다가도 이내 많은 것을 체념한 사람처럼 입을 다물어버리는 보하에게 내가 그 이상 다가가지 못한 것은 여기까지가 보하가 허락한 선이라고 느꼈기 때문입니다. "보고 싶었어. 그냥 많이 보고 싶었어, 구니야." 거듭되는 읊조림은 분명 진심이었어요. 아무리 들어도 질리지 않을 것 같은 고백의 너울에 마음이 연신 일렁였지만 그 말을 끝으로 돌아서는 보하를 붙잡을 수는 없었습니다. 보하의 뒷모습이 내게 말하고 있었거든요. 충분하다고. 자신의 연락을 받고 한달음에 달려온 것으로 이미 충분하다고. 그래도 나는 나의 불길한 예감이 틀리기만을 바랐습니다. 우두커니 제자리에 선 채 바라고 또 바랐어요. 이번에도 바람은 예감을 이길 수 없었지만요.

  한동안 꿈 같던 재회의 장면만 멍하니 되짚었습니다. 그러던 어느 날, 우연히 SNS 앱 아이콘에 뜬 알림 배지가 눈에 들어왔어요. 오래도록 무정할 정도로 찾지 않았던 보하의 계정이었죠.

보하 @boha_guni_ · 20##. 2. 2.

구니야. 안녕. 이건 작별 인사.

보하 @boha_guni_ · 20##. 2. 2.

끝이 다가오는 듯하네.

보하 @boha_guni_ · 20##. 1. 30.

나도 구니 네 할머니처럼 죽어서 네 곁을 지킬 수 있을까?

> 보하 @boha_guni_ · 20##. 1. 30.
>
> 사실 난…… 네가 날 지켜주길 바랐어.

> 보하 @boha_guni_ · 20##. 1. 30.
>
> 이상하게 늘 그랬지. 너에게 기대고 싶었어. 내가 응석을 부려도 어쩐지 넌 다 받아줄 것 같았거든. 이건 다 구니 네가 내 버릇을 잘못 들여서 그래. 처음 보자마자 내 구두를 닦아주겠다고 두 팔 걷어붙였던 너. 내 구두의 큐빅보다 더 반짝였던, 머루 알 같은 네 눈동자.

> 보하 @boha_guni_ · 20##. 2. 2.
>
> 너는 내가 잠시나마 가졌던 가장 빛나는 보석이야.

보하 @boha_guni_ · 20##. 2. 2.

그러니 내가 널 지키는 게 맞는데.

보하 @boha_guni_ · 20##. 1. 28.

너무 아프다.

보하 @boha_guni_ · 20##. 1. 26.

아픈 건 싫어. 통증을 느낄 땐 우주 한가운데에 나 혼자 버려진 것 같아. 구니 너는 네가 우주의 먼지 같은 존재라고 생각할 때 오히려 평온함을 느낀다고 했지. 나는 그런 네가 신기했어.

보하 @boha_guni_ · 20##. 1. 26.

이렇게 외로운데. 이렇게 무서운데.
이렇게 초라한데.

보하 @boha_guni_ · 20##. 1. 26.

그래도 널 만날 수 있어서 다행이었어.

보하 @boha_guni_ · 20##. 1. 26.

근데 왜 너와 함께 있어도 혼자인 것 같은 느낌은 사라지지 않았을까?

허진희 ◆ 샴페인과 일루미네이션

보하 @boha_guni_ · 20##. 1. 26.

그 카드 말이야. 달 카드. 나는 그 카드가 정말 싫어. 이런 소리 웃긴 줄 알지만 그 카드를 뽑은 뒤로 꼭 달과 늑대 그리고 가재가 있는 풍경 안에 갇혀 있는 느낌이야.

보하 @boha_guni_ · 20##. 1. 26.

아니 솔직히 그전부터 그랬지 뭐.

보하 @boha_guni_ · 20##. 1. 26.

난 왜 이렇게 생겨먹었지?

보하 @boha_guni_ · 20##. 1. 20.

이게 다 스트레스 때문이야. 아빠 때문이야. 돈 때문이야. 이 빌어먹을 세상 때문이야. 미친 듯이 탓하고 싶어. 내 탓이 아니라고 소리치고 싶어.

보하 @boha_guni_ · 20##. 1. 20.

그런데 그게 다 무슨 소용이람. 이제 와서.

보하 @boha_guni_ · 20##. 1. 20.

병원 가는 걸 게속 미룬 내 잘못도 있긴 하지. 돈도 없고 시간도 없었던 내 잘못. 아, 삐뚤어지고 싶다.

보하 @boha_guni_ · 20##.1.20.

삐뚤어지지 않았으면 구니 너에게 다시
연락하지 못했겠지. 염치없는 거 알아, 나도.

보하 @boha_guni_ · 20##.1.20.

1년 전, 나에게 시간이 얼마 남지 않았다는 말을
듣고 가장 먼저 떠오른 사람이 바로 구니 너야.
안 되는데! 나 구니 만나야 하는데! 때가 되면
보란 듯이 염치없어지려고 했는데. 짠! 하고 네
앞에 나타나려고 했는데.

보하 @boha_guni_ · 20##.1.20.

그래. 그러고 보니 희망이라는 게 있었네. 없지
않았어. 가엾게도.

보하 @boha_guni_ · 20##.1.20.

또 또 자기 연민. 구니 너는 이런 거 안 하지.

보하 @boha_guni_ · 20##.1.19.

나는 널 닮고 싶었어.

보하 @boha_guni_ · 20##.1.19.

우리가 너무 다른 사람이라는 게 싫어서 너와 나를
'우리 같은 사람'이라고 규정하고 싶었던 적도
있었지. 그게 뭐라고. 다르면 좀 어떻다고.

허진희 • 샴페인과 일루미네이션

보하 @boha_guni_ · 20##.1.14.

그날 너에게 갔어야 했나. 그 겨울날 너를 혼자 두지 말았어야 했나. 아빠가 무슨 사고를 쳤든, 엄마가 쓰러졌든, 또다시 길바닥에 나앉게 되었든 시험을 보러 갔어야 했나.

> **보하** @boha_guni_ · 20##.1.15.
>
> 아니 그냥 너에게 연락만 했어도.

> **보하** @boha_guni_ · 20##.1.16.
>
> 백만 번 후회해. 근데 똑같은 상황으로 돌아간대도(어우, 상상하기도 싫다!) 연락하지 못할 거야. 역시 넌 이해하지 못하겠지.

> **보하** @boha_guni_ · 20##.1.19.
>
> 정정. 천만 번 후회해.

보하 @boha_guni_ · 20##.1.11.

지긋지긋해. 사는 거 너무. 억울해. 진짜 억울해. 한 번 자빠지면 그대로 끝. 확률? 99.9퍼센트. 구니 너는 아무래도 아주 귀한 0.1퍼센트 같아. 네가 나에게 주려고 했던 기회도 그만큼 귀했지.

> **보하** @boha_guni_ · 20##.1.11.
>
> 솔직히 난 네가 던진 동아줄에 목이라도 맬 수 있을 것 같았어.

보하 @boha_guni_ · 20##.1.11.

예쁘디예쁜 동아줄. 매일 밤 온몸에 휘감고
잤어. 그런데.

보하 @boha_guni_ · 20##.1.11.

네가 얼마나 나쁜 애인지 구니 넌 모를 거야.
넌 네 할머니가 아무리 가혹하게 네 운을
뺏어도 나처럼 굴진 않았겠지. 나도 내가 그럴
줄은 몰랐어. 내가 그렇게 악다구니를 쓸 수
있는지 몰랐다고. 정말 최악이었어. 말 그대로
패륜아처럼 굴었어. 아빠가 나를 용서한 게
놀라울 정도야. 물론 내가 아빠를 용서한 것도
쉽지 않았지만.

보하 @boha_guni_ · 20##.1.11.

생각해보면 나는 네가 내 바닥을 알고 도망갈까
봐 늘 두려웠어. 그래서 항상 내가 먼저 도망친
건지도 모르지.

보하 @boha_guni_ · 20##.1.12.

살고 싶다.

보하 @boha_guni_ · 20##.1.1.

난 일기를 잘 못 써. 그치만 너에게 전하는 편지라고
생각하면 괜찮아. 어쩌면 나는 네가 내 속마음을
들여다봐주길 바라는지도.

허진희 ◆ 샴페인과 일루미네이션

보하 @boha_guni_ · 20##. 1. 1.
구니야.

보하 @boha_guni_ · 20##. 12. 31.
괜찮아. 다 괜찮아. 그래도 괜찮아.

보하 @boha_guni_ · 20##. 12. 31.
구니야.

보하 @boha_guni_ · 20##. 12. 30.
구니야.

보하 @boha_guni_ · 20##. 12. 30.
넌 더 이상 여기 들어와보지 않는 것 같아.

아무것도 괜찮지 않았습니다. 보하가 괜찮다고 쓴 메시지를 수없이 되읽었지만 아무 소용 없었어요. 조금도 괜찮아지지 않았죠. 보하는 많이 아팠던 것 같습니다. 그걸 나는 또 놓친 거고요. 보하가 자기 상태를 알게 된 건 지난해 겨울. 불과 1년 새 손쓸 수 없이 병세가 악화했다니 믿을 수 없었습니다. 불가해한 세상과 무작위의 운 중 어느 것이 보하를 아프게 만들었을까요.

원인이 무엇이든 원망을 떨쳐내기는 어려웠습니다. 세상은 이해하려 들수록 심연을 내보이고 나락을 노리는 불운은 결코 자비를 베풀지 않는다는 걸 알기에 더욱 그랬어요. 그렇다고 하늘에 대고 삿대질하며 속 시원하게 불평할 수는 없었습니다. 아직 보하가 이 세상에 살아 있다면, 혹여 보하에게 운이 조금이라도 남아 있다면, 무릎을 꿇고 싹싹 빌어서라도 그 운을 받아 와야 했어요. 나는 절실했습니다. 급기야는 몇 년 만에 목사님에게 전화를 걸어 애원했어요. "보하를 위해 기도해주세요, 목사님. 제가 잘못했습니다. 제발 보하를 위해 기도해주세요." 목사님은 그러겠노라 약속했습니다. 목사님의 약속은 효과가 없지 않았죠. 약간이나마 내 마음을 달래주었거든요.

보하의 외로움과 고통이 모두 내 잘못이라고 자책했던 건 아닙니다. 내가 보하를 붙잡기 위해 나의 어둠을 숨겼듯 보하는 자기 바닥을 숨기기 위해 자꾸만 도망쳤지요. 그것이 어떤 식으로든 내게 남겨지기 위한 몸부림이었다고 해도 나는 이제 보하가 위태로운 달음질을 그만하길 바랐습니다. 하지만 내가 할 수 있는 일이라곤 보하가 남긴 감정들을 고스란히 껴안는 것밖에 없었습니다. 달리 어찌할 방법을 찾지 못했어요. 여전히 나는 제대로 된 작별 인사를 할 줄 모르는 사람이었으니까요.

시간은 끔찍하게도 더디 흘렀습니다. 그럼에도 그럭저럭 생활해나갔죠. 마스터를 비롯한 나의 친구들은 나를 한시도 혼자 두지 않았습니다. 이 괴짜 같은 사람들은 "억지로라도 가끔 웃자"라며 전보다 훨씬 과장스럽게 굴곤 했어요. 나는 고분고분 친구들의 말을 따랐습니다. 그들을 좋아했고, 앞으로도 좋아할 테니까요.

  그래서 친구들이 바라는 대로 겨우 웃어내기를 반복했습니다. 그러다 보면 가끔은 진짜로 웃기도 했고요. 내 웃음의 진위를 읽을 줄 알았던 마스터는 내가 진짜로 웃을 때마다 자기가 더 기뻐하며 웃었어요. "구니야, 우리는 가족이야." 마스터가 하는 말을 나는 조금도 의심하지 않았습니다. 내 곁에는 진실로 따뜻한 사람들이 함께 해주고 있었어요. 혼자라는 생각은 전혀 들지 않았죠.

  바이킹은 쩌렁쩌렁한 목소리로 내 이름을 더 자주 불러주었습니다. 그러면 내가 곧잘 웃음을 터뜨렸거든요. 하지만 어떤 날은 전혀 웃지 못했어요. 웃으려고 할 때마다 얼굴이 바람 빠진 풍선처럼 쪼그라드는 것 같았지요. 그래도 바이킹은 포기하지 않았습니다. "구니!" 마치 어디를 가든 자신의 외침이 날 지켜줄 거라고 알리는 듯했어요. "구니!" 내가 아무리 단단히 귀를 막아도 들릴 수밖에 없는 커다란 외침. 때때로 그 목소리의 울림에 속절없이 마음이 울렁거렸습니다. 왜 그랬는지는 모르겠어요. 왜 바이킹의 외침이 부르짖음처럼 들렸는지, 왜 그 포효에 멀미가 났는지. 결국 나는 두 손으로 귀를 막아버렸습니다.

"구니!" 노이즈 캔슬링 기능으로도 당해낼 수 없을 것 같은 바이킹의 성량에 그만 고개를 푹 숙이고 뇌까렸습니다. "나, 고장 난 거 같아요." 나도 모르게 튀어나와버린 말이었습니다. "고장 나버렸어. 완전히 망가져버렸어." 내가 같은 말을 몇 번이고 반복하는 동안 바이킹은 잠자코 내 옆에 앉아 기다려주었습니다. "고칠 수 없을 것 같아. 전혀 나아지지 않을 것 같아." 무너져서인지 무너지지 않기 위해서인지 알 수 없는 말들이 쏟아져 나왔어요.

그때, 귀를 막고 중얼거리는 내 눈앞으로 바이킹이 휴대폰 화면을 들이밀었습니다. '나아질 거야. 분명히.' 나는 바이킹이 휴대폰 메모장에 쓴 문장을 뚫어져라 쳐다보며 물었어요. "그걸 어떻게 알아요?" 바이킹이 두툼한 손가락을 재빨리 움직였습니다. '내가 나아졌으니까. 우리 친구들도

다 그렇게 나아졌으니까.'

 울컥, 심술이 났습니다. 너무 쉽게 하는 말 같아서, 지나치게 나이브한 위로 같아서요. "하나도 나아 보이지 않는데? 어디가 나아졌다는 거야." 어쩌면 백 살이 훌쩍 넘었을지도 모르는 바이킹에게 버릇없이 굴어버렸는데도 바이킹은 조신하게 몸을 웅크리고 손가락을 곰지락거렸습니다. 그리고 정말 나이를 아주 아주 많이 먹은 사람 같은 얼굴로 한 글자 한 글자 오랜 시간에 새겨 넣은 듯한 문장을 보여주었어요. '**고장 난 채로도 나아질 수 있어, 구니.**'

 어쩌면. 어쩌면 바이킹의 말이 맞는지도 모르겠습니다. 나는 내가 사이사이 모래알이 빠져나가는 손가락이나 바람이 휑하니 지나가는 커다란 구멍이 된 것 같다고 느끼지만 이대로도 나쁘지 않다고 생각합니다. 친구들에게, 심지어 마스터에게도 내 상태에 대해 시시콜콜 설명한 적은 없어도 이것도 그런대로 괜찮다고요. 잡을 수 없는 모래알이나 멀리 사라져버린 바람에 대해

서 이야기하는 것. 그것이 어떤 모래의 낱알인지 따지고 그것이 살바람인지 솔바람인지 헤아리는 것. 그러지 않는 편이 나에겐 더 낫습니다. 그저 기꺼이, 모아 쥘 수 없는 손가락이 되고 메꿀 수 없는 구멍이 되어 시간과 함께 흘러가고 싶어요. 기꺼이.

매일 밤 떠들썩한 모임을 마치고 집으로 돌아오면 나는 작은 불빛 하나를 켜두고 정적 속에 홀로 앉습니다. 유리잔에 샴페인을 따르면서요. 부드러운 금빛 액체, 하얀 거품 아래로 알알이 드러나는 부푼 방울들. 멍하니 기포가 표면 위로 떠오르는 순간을 지켜보는 건 나만의 의식입니다. 의식을 다 치르고 나면 비로소 잠들 수 있죠. 한 번도 마신 적이 없으니 취할 리도 없지만 샴페인은 나를 잠들게 할 수 있는 유일한 술입니다. 일과를 마치고 샴페인을 제단祭壇에 올리는 것. 그것만이 나를 잠들게 합니다.

운이 좋으면 보하가 나오는 꿈을 꿀 수도 있고요.

먹먹한 어둠 속.

보하가 손에 조그마한 스위치를 들고 저편 장막 앞에 서 있었습니다.

나는 눈을 가늘게 뜨고 보하를 불렀어요.

보하는 대답 대신 스위치를 눌렀습니다.

"와, 이게 다 뭐야?" 내가 물었어요. "우릴 위한 거지." 보하가 뿌듯한 표정으로 대답했습니다. "너와 나를 위한 일루미네이션."

우리는 황황한 빛 속에서 서로를 맞보았어요.

보하는 손 닿지 않는 거리에 있었습니다.

내가 움직이려고 하자 보하가 말없이 스위치를 눌렀어요.

그러자 곧바로 불이 꺼졌습니다.

"보하야, 너무 깜깜해." 나는 겁먹은 목소리로 웅얼거리며 걸음을 멈추었어요.

보하가 다시 스위치를 눌렀습니다.

곧바로 수백만 개의 전구가 빛을 발했어요.

나는 거듭 감탄했고, 보하는 벅찬 표정을 지어 보였습니다.

"보하야." 나도 모르게 또 보하 쪽으로 걸음을

옮겼습니다.

어김없이 불이 꺼졌죠.

보하는 아무 말이 없었습니다.

그제야 깨달았어요.

내가 움직이면 보하가 스위치를 눌러 불을 끈다는 걸요.

뒤돌아설 수도 없지만 다가갈 수도 없는 꿈.

잃어버린 것을 잃어버린 채로 받아들여야 하는 꿈.

다만 그리워함을 너의 뜻에 따르는 것으로 내보이는 꿈.

결국 나는 오래된 석상처럼 한자리에 서 있기로 다짐했습니다.

"구니야." 비로소 보하가 나를 불러주었어요. "내가 준비한 거야." 보하는 했던 말을 되풀이했습니다. "너와 나를 위한 일루미네이션."

어둠 속에서 얌전히 고개를 끄덕여 보이자 보하가 스위치를 눌렀습니다.

그러면 다시 보하의 얼굴을 볼 수 있었어요.

세상을 뒤덮을 듯한 일루미네이션이 명멸했습니다.

우리는 눈이 멀어버릴 듯한 광휘 속에서도 결코 눈을 감지 않았어요.

"구니야." 보하의 목소리가 생생하게 들려왔습니다. "우리를 위해서 준비했어." 점멸. 점멸. 점멸. "너와 나를 위한 일루미네이션."

나는 다시 어둠 속에 묻힐까봐 무서워 차라리 빛의 일부가 되기로 했습니다.

발문

작은 신이었던 아이

연여름(소설가)

샴페인, 그리고 일루미네이션.

달콤하고 낭만적인 축제의 순간을 떠올리게 하는 두 단어에 일순 설렘이 찾아온 한편 방심은 하지 않기로 했다. 허진희 작가가 그려온 아이들의 세계는 달콤함에 주어진 자리만큼 쌉싸름함의 자리가 언제나 마련되어 있었고, 나는 그 둘이 이루는 고유한 밸런스를 깊이 음미하기를 기대하는 독자이기 때문이다.

『샴페인과 일루미네이션』은 허진희 작가가 각고정려해 내놓은 또 하나의 새로운 밸런스다. 제법 묵직한 이 풍미는 구니라는 인물의 고백을 빌려 이번에도 어김없이 내 마음을 천천히, 강력하게 끌어당겼다.

  부모님 몰래 샴페인을 맛보기도 하고 좁다란 옷장에 함께 숨어 놀기도 하던 아이들은 한때 세상의 전부였던 동네를 떠나며 어른이 된다. 자란다는 건 필연적으로 새로 맞이할 세상에 옛 세상이 차지했던 공간을 어느 정도 양보해야 하는 일이다. 낯선 누군가를 삶에 받아들이는 만큼 떠나보내야 하는 이 역시 하나둘씩 생겨난다. 곁에 당연히 있었던 것이 한순간에 사라져버리기도 하고, 내내 없는 줄로만 알았던 것이 어느 날 불쑥 눈에 들어오기도 한다. 그러한 드나듦은 마치 점멸하는 빛을 닮았다.

  『샴페인과 일루미네이션』에서 구니에게 흐르는 시간은 끊임없이 반복되는 점멸이다. 불이 켜져 있을 때 세상은 눈부시도록 빛나지만 꺼지고 나면 깊이를 알 수 없는 어둠만이 드리우듯, 구니는 제 곁에 있던 빛이 광휘하는 시절과 꺼져 내린 시절을 차례로 경험한다. 『샴페인과 일루미네이션』은 그런 구니의 세상에 들고난 빛들을 향한 고해성사인 동시에 간절한 기도이기도 하다.

구니는 자신에게 그리 너그러운 편은 못 된다. 할머니를 따라 교회 생활을 끈질기게 해왔으면서도 자신을 "불신자"라 칭하는 데 거리낌이 없다. 제 마음은 신이 아닌 "오직 사람만을 담을 수" 있기에. 신의 이름을 빌려 사람들의 은총을 얻고자 했던 할머니가 강조한 것처럼 구니는 '아랫배에 단단히 힘을 주고' 자신의 밑바닥을 내보이지 않기 위해 부단히 노력한다.

한 인간이 자신의 밑바닥을 드러내 보이는 것은 무척 수치스러운 일일 테지만, 사실 가까운 타인의 바닥을 맞닥뜨리는 것도 마찬가지로 쉬운 일은 아니다. 구니와 보하는 아이였을 적부터 서로를 알아왔고 눈으로 보이는 각자의 집안 사정을 대강은 짐작하고 있다. 하지만 보이는 것 너머는 알지 못한다. 두 사람 중 누구도 서로에게 내밀한 고백까지는 하지 않기 때문이다.

어른이 되어 구니는 보하와 가벼운 언쟁을 했다가도 자신의 바닥까지 내보이지 않은 것을 천만다행으로 여긴다. 어린 구니가 할머니의 "작은 '하나님'"이었듯 보하와 구니는 서로가 서로에게 작은 신이었다. 전능하고 빛나야 하는 신과 수치심이라는 단어는 그다지 어울리지 않는다. 수치심은 오롯이 그 신을 앙망하는 자의 몫이다. 어떻게 해도 신과 동등해질 수 없고 한없이 부족한 존재임을 깨달을 수밖에 없는 자의 상흔이다.

서로에게 그 초라함을 들키지 않기 위해 구니와 보하가 선택한 방법은 "없음"의 전략이었다. 구니는 보하의 불안과 두려움을 때때로 감지하면서도 굳이 캐묻지 않고, 보하는 자신의 미래를 한껏 기대하며 "사랑스러운 에너지"를 발산하다가도 어느 순간 구니 앞에서 종적을 감추기 일쑤다. 그런 보하를 구니는 '없는 셈 치고' 지내는 데 익숙해진다.

비워진 자리는 대체할 무언가로 채워질 때도 있지만 그렇지 않을 때도 있다. 어떤 부재는 자유를 만끽하게도 하는 한편, 견딜 수 없는 외로움에 사무치게도 한다. 대학에 진학하면서 고향을 떠난 구니는 모처럼 주어진 "나만의 시간"을 애지중지하다가도 할머니를 잃은 다음에는 고독감에서 벗어나기 위해 보하라는 작은 신을 곁에 두고 싶어 한다.

켈트신화와 아일랜드 민담에 '시Sídhe'라고 불리는 작은 요정들이 있다. 이들은 '투어허 데 다넌Tuatha Dé Danann'이라는 신神족의 후예들로 전해지는데, '시'는 그 요정들이 사는 언덕을 가리키는 말이자 그들을 칭하는 이름이기도 하다.

이 요정들은 절대적으로 선하지도 악하지도 않은 존재로, 인간에게 도움을 주는 한편 해를 끼치기도 하며 질투나 동경도 하는 등 다양하면서도 변덕스러운 면모를 보인다. 시는 평소 인간의 눈에 보이지 않다가 안개가 어스름히 낄 때나 저물녘, 음악이 흐를 때처럼 두 세계의 경계가 모호해지는 순간에 모습을 드러내곤 한다. 여기서 인간과 요정은 각자의 영역을 수호하면서도 완전한 침범이 불가능한 경계를 사이에 두고 끊임없이 영향을 주고받는 관계인 것이다.

우리는 빛을 매개로 서로의 모습을 확인한다. 밝은 곳에 있다면 상대방이 어떤 표정을 짓고 있는지 서로 얼마만큼 가까이 또는 멀리 있는지 알 수 있다. 하지만 그 빛이 우리가 서로를 온전히 이해하게 하는 만능열쇠는 아니다. 얼마나 잘 보이든 얼마나 가까이 있든 "나도 네가 되어볼 수 없고 너도 내가 되어볼 수 없"기 때문이다. 그저 이제까지 서로의 경계가 희미해졌던 마법 같은 순간들을 복기하면서, 그때 우리 사이에 반짝였던 애정과 미움, 그리고 벅차오름과 수치심 같은 것들을 반복해 되새길 수 있을 뿐이다. 그것들이 있었노라고.

구니는 한때 자신이 아무도 사랑한 적 없음을 자책하고 부끄러워한다. 그럼에도 불구하고 결국 꿈속의 일루미네이션을 통해 자기 안에 새겨진 사랑의 궤도를 찬찬히 더듬어나간다. 어떤 곳의 지형을 제대로 파악하기 위해서는 그 주변을 실컷 방황해보는 게 가장 좋은 방법일지도 모른다. 구니가 이러한 정찰에 나설 수 있게 된 건 아마도 "길 위의 탕아"로 지낸 시간 덕분이리라 나는 믿는다.

일루미네이션은 축제를 장식하는 빛이다. 구니는 스스로 일루미네이션의 일부가 되어 보하를 비추는 빛을 꺼트리지 않기로 한다. 나의 작은 신이었던 아이를 비로소, 똑바로 응시하고 애도한다. 그렇게 보하는 구니의 잔에서 영영 사라지지 않는, 샴페인의 기포로 피어오를 것이다.

축제이면서도 애도이기도 한* 이 경계의 의례에 구니는 기꺼이 제사장이 된다. 빛을 잠시 상실하는 순간이 있다고 해도 괜찮을 것이다. 너를 위한 기도는 아무리 깊은 어둠 속에 있을지라도 가능한 일이므로.

---

* "축제와 애도의 의례가 어딘가 닮아 있는 것은 이상하지 않다. 축제에는 죽은 자들도 초대된다. 산 자들이 퍼레이드를 벌일 때, 죽은 자들 또한 그 대열 속을 함께 걸어가는 것이다." 김현경, 『사람, 장소, 환대』, 문학과지성사, 2015.

작가의 말

몇 년 전 꿈을 꿨다. 구니가 꾼 꿈과 닮은 꿈을. 처음엔 그 꿈을 토대로 이야기를 만들 수 있을 거라 생각하지 못했다. 섬광 같은 일루미네이션을 마주하고 밀려왔던 복잡 미묘한 감정들. 빛의 파도가 물러간 뒤 느꼈던 이루 말할 수 없는 먹먹함. 여운이 짙은 꿈이었으나 당시 나는 그 꿈이 무엇을 의미하는지 몰랐다. 다만 내가 한 일은 그날 저녁 발포주發泡酒 한 병을 사 오는 것이었다. 어째서인지 그러고 싶었다. 투명한 잔에 술을 따르고 알알이 떠오르는 기포를 한참 들여다보았다. 영롱하지만 허무했다. 반짝이는 것들을 보면 마음 언저리가 시릴 때가 있다. 그것들은 항상 내 마음을 사로잡지만 이내 터지거나 사라진다. 나는 수시로 그날의 꿈과 여하한 감정을 쓰다듬었다. 시간을 들여 윤이 나도록 닦았다. 『샴페인과 일루미네이션』은 그 행위의 결과물이다.

물론 소설의 내용은 내 꿈의 맥락과 사뭇 다르다. 그런데 이상하지. 허구의 이야기를 만들며 오히려 어떤 본질에 더 가까이 다가가고 있다고 느꼈으니 말이다. 희뿌연 것들에 윤곽을 그려준 것만 같달까. 어슴푸레하나마 빛의 테두리를 다듬어가는 심정으로 겨울을 보냈다. 한 해 중 가장 지리한 달을 꼽으라면 서슴없이 1월을 고르곤 하는데 올해는 조금 달랐다. 구니와 보하에게 그 시간을 내주고 되레 내가 많은 것을 받았다. 그즈음 여기저기 흩뿌려놓았던 상념을 들추어보았더니 이런 문장이 있었다. "이 슬픔이 우리를 어딘가 데려다줄 거라 믿는다. 너무 어둡지 않은 곳으로."

어떻게 해야 슬픔을 이해할 수 있을까. 불운에

휘둘리는 미숙한 이들에게, 언제고 나 자신이 될 수 있는 작은 영혼들에게 연민을 품는 것 말고는 여전히 다른 방법을 모르겠다.

한동안 청소년소설에서 한 걸음 떨어져서 성격이 다른 세 편의 소설을 연달아 집필했다. 세 편 중 마지막으로 퇴고한 작품이 『샴페인과 일루미네이션』이다. 계획을 잘 세우지 않는 편이지만 이 소설을 쓰며 전보다 좀더 긴 호흡으로 앞날을 더듬어볼 수 있었다. 쓰고 싶은 이야기가 아직 아주 많다는 것도 새삼 깨달았다. 지금까지 그래왔듯 내가 쓴 이야기가 나를 어딘가 데려다줄 거라 믿는다. 부디 너무 어둡지 않은 곳이었으면 좋겠다.

고명수 편집자님과 작업하면서 딱 맞는 인연이 나타날 때까지 이 이야기를 아껴두길 잘했다는 생각을 여러 번 했다. 이 소설, 편집 복은 타고났다. 덕분에 이야기의 인상이 더욱 선명해졌다. 월간지와 핀 시리즈 지면을 허락해주신 현대문학에도 감사를 전한다.

어디로 향할지 모르는 길 위에서 항상 내 손

을 잡아주는 소중한 당신에게 이 책을 바친다. 당신이 있기에 언제나 조금 더 용기를 낸다. 고장 난 채로도 끝내 나아질 것을 안다. 당신이 내 곁에 있기에.

모두의 안녕을 빌며,

허진희

샴페인과 일루미네이션

지은이 허진희
펴낸이 김영정

초판 1쇄 펴낸날 2025년 9월 25일

펴낸곳 (주)현대문학
등록번호 제1-452호
주소 06532 서울시 서초구 신반포로 321(잠원동, 미래엔)
전화 02-2017-0280
팩스 02-516-5433
홈페이지 www.hdmh.co.kr

ⓒ 2025, 허진희

ISBN 979-11-6790-327-3 04810
　　　979-11-6790-220-7 (세트)

* 책값은 뒤표지에 있습니다.